폭풍이 쫓아오는 밤

소설Y

폭풍이 쫓아오는 밤

초판 1쇄 발행 • 2022년 10월 28일
초판 2쇄 발행 • 2022년 12월 2일

지은이 • 최정원
펴낸이 • 강일우
책임편집 • 김도연
조판 • 황숙화
펴낸곳 • (주)창비
등록 • 1986년 8월 5일 제85호
주소 • 10881 경기도 파주시 회동길 184
전화 • 031-955-3333
팩스 • 영업 031-955-3399 편집 031-955-3400
홈페이지 • www.changbi.com
전자우편 • ya@changbi.com

ⓒ 최정원 2022
ISBN 978-89-364-3887-6 03810

최정원
장편소설

폭풍이 쫓아오는 밤

차
례

도망칠 때에는 뒤를 돌아보면 안 된다.

이서는 이를 악물고 앞만 보며 달렸다. 산책로의 조명등 불빛이 사방에 맺힌 빗방울들에 반사되어 보석처럼 반짝였다. 하지만 이서에게는 그 빛이 자신을 노려보는 눈동자들처럼 느껴졌다. 힘없이 풀어지려는 동생의 팔을 목 위로 고쳐 둘렀다. 그래도 가느다란 팔목은 곧장 다시 힘을 잃었다. 등에 업힌 이지는 울음을 꾹꾹 눌러 참는 것만으로도 벅찬 상태였다. 좁은 등에 업혀 산길을 내달리기란 여섯 살 아이에게 결코 쉬운 일이 아닐 것이다. 그리고 열일곱 살에게도 여섯 살 아이를 업은 채 폭우가 쏟아진 산길을 전력 질주 하는 일은 쉽지 않았다. 자꾸만 다리에서 힘이 빠지려 했다. 험한 길도 문제였지만, 귓가에서 동생이 흐느끼는 소리가 '그것'의 숨소리와 겹쳐지는 것만 같아서. 이마와 어깨를 적시는 빗물이 사실은 등 뒤에 바짝 따라붙은 '그것'의 아가리 사이로 떨어지는 핏줄기인 것 같아서.

발이 미끄러졌다. 자기도 모르게 짧은 비명이 새어 나왔다. 진흙탕 위를 죽 미끄러진 왼발 때문에 몸이 순식간에 기울었다. 급경사였다. 이대로 구르면 목이 부러진다. 이서는 필사적으로 팔을 휘둘렀다. 손끝에 이름 모를 덩굴줄기가 걸렸다. 죽을힘을 다해 두 손으로 잡고 버티자 속력이 줄면서 몸이 휙 돌았다. 그 와중에도 이서는 이지가 등 뒤에 깔릴세라 자기 몸을 먼저 땅에 붙였다.

우당탕, 갈비뼈가 부러질 듯한 충격에 숨이 턱 막혔다. 한계까지 뛰고 있던 심장이 터져 버릴 것만 같은 통증에 이서는 눈을 질끈 감았다.

"어, 언니……? 언니, 괜찮아?"

이지의 가냘픈 목소리.

이서는 억지로 눈꺼풀을 들어 올렸다. 자신은 덩굴줄기를 두 손으로 부여잡은 채 달려온 쪽을 향해 엎드린 모양으로 쓰러져 있었다. 그토록 두려워했던 등 뒤의 풍경이 눈앞에 펼쳐졌다.

어둠에 잠긴 까마득한 오르막길. 젖은 풀냄새가 물씬 풍기는, 평화롭고 고요한 숲속의 밤이다.

그럴 리가 없어.

그럴 리가 없다.

아직도 그 끔찍했던 비명이 무섭도록 생생하게 귓가를 맴돌고 있었다.

이서는 후들거리는 다리로 일어섰다.

"언니?"

"괜찮아."

동생을 추슬러 올리고, 이서는 몇 발짝 뒷걸음치다가, 다시 몸을 돌렸다. 달려야 한다. 도망쳐야 한다. 그것이 쫓아오기 전에 더 빨리.

1. 무리한 계획

"아, 으, 어, 어어어……."

동생 이지가 덜덜 떨리는 제 목소리에 키득댔다. 그들은 차로 비포장 산길을 이십 분째 달리며 덜컹대는 중이다.

"언니야, 이것 봐라?"

이지가 다시 고장 난 스피커 같은 소리를 내기 시작했다. 이서는 동생 쪽을 건성으로 한 번 쳐다봐 준 후 이어폰의 볼륨을 높였다. 강한 비트가 고막을 때리고, 놀이 기구라도 탄 것처럼 흔들리는 차체를 따라 몸이 튀어 올랐다.

"아빠! 나 배고파!"

"어, 어? 그래. 잠깐만…… 어이쿠!"

아빠가 조수석에 놓인 봉투를 한 손으로 뒤적이다가 핸들을 급히 바로잡았다. 결국 이서가 안전벨트를 잠깐 풀고 말없이 앞좌석 사이로 몸을 내밀었다. 아까 마트에서 산 더미처럼 사 담은 식료품들이 봉투를 가득 채우고 있었다. 빵 하나를 꺼내 이지에게 건네주었다. 아빠가 자신 없는 목소리로 말했다.

"거의 다 온 것 같아. 아까 그 길에서 좌회전했어야 했는데 괜히 돌아왔네. 괜찮아?"

"응."

등도 아프고 허리도 아팠지만 그런 이야기는 하지 않았다. 아빠부터가 잔뜩 긴장해서 식은땀을 닦고 있었던 것이다. 아무래도 이번 여행은 무리한 계획이었다. 이틀 연속으로 회사에서 밤을 새우고선 여행이라니. 아빠는 사실 집 밖에 나가는 걸 좋아하지도 않는 데다 마트 쇼핑 한 번으로 피곤해서 드러누울 정도로 체력도 약했다.

지난주 토요일에 아침 먹다 말고 우리도 오랜만에 가족 여행 좀 가자고, 아빠가 알아서 준비할 테니 시간 비워 두라고 했을 때 그냥 싫다고 말할 걸 그랬다. 뒤늦은 후회였다. 평소처럼 말없이 그릇을 정리하는 이서의 반응을 아빠는 긍정으로 받아들이고 말았던 것이다. 아빠는 한 달 치의 에

너지를 모두 끌어모아 애써 분위기를 띄우고 있었다.

이서는 불편했다. 옆자리에서 재잘거리는 이지는 그저 즐거운 얼굴이었다.

"맛있다. 언니도 먹을래?"

고개를 가로저었다.

"아빠도 한 입 줄까?"

"아니, 이따 먹을게. 우리 딸 많이 먹어."

"웅! 근데 우리 얼마나 더 가야 해?"

"아마 한 오 분?"

길가로 늘어진 나뭇가지가 차창을 탁 때리고 지나갔다. 아빠는 낮게 비명을 질렀고 이지는 아야! 외치며 팔을 문지르는 시늉을 했다.

빽빽이 늘어선 나무들은 지난여름 내내 무성히 자란 가지를 길 위로 축축 늘어뜨리고 있었다. 그늘이 짙게 드리운 숲길은 마치 이지의 그림책에 등장하는 마법과 저주가 숨겨진 비밀스러운 통로 같았다. 끝나지 않을 것 같은 어둠이 길게 이어졌다. 이서는 조금 숨이 막혀 왔다. 내색하지 않으려 차창에 이마를 대고 창밖만 노려보았다.

얼마쯤 더 갔을까. 내리막길이 이어진다 싶더니 한순간에 눈앞이 환하게 밝아졌다. 사방을 메우고 있던 나무들이 멀찍이 물러나고 좁긴 해도 시멘트로 포장된 도로가 펼쳐졌다.

아빠가 큰 한숨을 내쉬었다. 이서도 소리 없이 그렇게 했다. 차는 드디어 매끈해진 길 위를 부드럽게 달려 차 한 대가 겨우 지나갈 만한 다리로 얕은 계곡물을 건넜다. 그리고 오르막길을 올라 모퉁이를 한 번 돌자 넓은 공터가 눈앞에 펼쳐졌다.

"다 왔다! 아빠, 다 왔지! 저기지?"

"그래. 여기야."

관광버스도 몇 대 들어갈 만한 너른 주차장이었다. 거기서부터 완만하게 이어지는 오르막길을 따라 크고 작은 건물들이 드문드문 늘어선 것이 보였다. 전체를 통나무로 지은 듯이 꾸민 건물들이었다. 벽면은 세월을 먹어 반들반들하게 윤이 났고 커다랗게 뚫린 통창이 햇빛을 받아 눈부시게 반짝였다. 몇십 년은 된 듯한 나무들이 늦가을 단풍에 빨갛고 노랗게 물든 채 건물들을 반쯤 가리고 있었다. 아주 잠깐, 이서도 눈을 크게 뜨고 그 풍경을 바라보았다. 잠깐이었다. 이지가 환호성을 지르며 운전석을 발로 찼다.

이미 주차된 세 대의 차를 피해 세우고, 아빠는 트렁크를 열어 짐을 내리기 시작했다.

"언니야, 잠깐만."

이지가 언니의 손을 콕콕 찌르고는 비밀스럽게 할 말이 있다는 듯 자기 입가에 손을 댔다. 이서는 손을 슬그머니 등 뒤로 숨기며 허리를 숙였다.

"왜?"

"저거 뭐라고 읽는 거야?"

속삭이며 묻는 이지. 아직 한글을 다 못 깨친 이지는 어째 선지 모르는 글자를 묻는 걸 창피해했다. 동생이 가리키는 것은 주차장 초입에 아치형으로 매달린 간판이었다. 빛이 바래고 귀퉁이가 빨갛게 녹이 슬어 있었다. 'ㄹ'자는 떨어져 나가고 붙어 있던 자국만 남은 것이 어딘지 을씨년스러웠다.

"하늘뫼 수련원."

"하늘메?"

"뫼. 산이라는 뜻이야."

작은 입술이 동그랗게 모이더니 방긋 반달 모양으로 벌어졌다. 이곳 이름이 마음에 든 모양이었다.

"어, 원래는 학교나 회사에서 단체 여행으로 많이 오는 곳인데, 요즘 같은 비수기엔 독채들을 펜션으로 쓴다더라고. 다녀와 본 친구가 괜찮다길래."

이서의 눈치를 살피던 아빠가 조금 변명조로 덧붙였다.

이서는 조수석의 식료품 봉투를 두 팔로 안아 들었다. 손잡이가 없는 종이봉투는 꽤나 묵직했다. 무거울 텐데……하고 중얼거리던 아빠는 이서가 걷기 시작하자 허겁지겁 캐리어를 끌고 앞장섰다. 이지가 발을 통통 구르며 둘의 뒤를 따랐다.

2. 체크인

"선생님까지 딱 세 팀뿐이에요. 오늘은."

빨간 모자를 눌러쓴 젊은 직원이 멋쩍게 웃어 보였다.

"산 건너편에 새 리조트가 크게 들어서서요. 경치는 저희 쪽이 훨씬 좋은데 말이죠."

"그러게요. 경치가 참 좋네요."

직원이 열쇠를 건네주며 고개를 끄덕였다.

"길 따라 올라가시다 보면 '펜션 가는 길'이라는 팻말이 보일 거예요. 그쪽 샛길 따라 올라가시면 독채가 두 채 붙어 있어요. 2호실입니다. 이 관리동 옆 매점은 저녁 8시까지만 운영하니까 참고하시고요. 아, 숯 준비해 드릴까요? 언제

드실지 말씀하시면 미리 불 피워서…….”

“아뇨. 필요 없습니다.”

단호한 목소리에 직원은 조금 놀란 듯 눈을 깜박였다.

“네, 그럼. 체크아웃은 오전 11시예요. 즐겁게 쉬다 가세요.”

이지는 아까부터 카운터 위의 사탕 상자를 뚫어지게 노려보고 있었다. 직원이 드디어 뚜껑을 연 상자를 앞으로 내밀었다.

“여기, 사탕. 아빠랑만 여행 온 거야? 엄마는?”

짧은 침묵이 스쳐 갔다.

“그럼, 이만. 감사합니다.”

아빠가 헛기침을 하며 서둘러 관리동을 나섰다. 이서와 이지도 꾸벅 인사를 하고 뒤따라 나왔다.

숙소로 올라가는 오르막길은 생각보다 가팔랐다. 길 양옆으로 작은 오두막 모양의 체험 공방들, 큰 창문을 많이 달아 빛이 잘 들게 한 식당과 숙소 들이 이어졌다. 대형 단체 이용객을 위한 시설인지라 지금은 모두 닫혀 있었다.

확실히 오래된 시설이긴 했다. 멀리서 봤을 땐 멋졌던 외벽의 나무 외장재들은 구석구석 거멓게 썩어 부스러지고 있는 데다 지붕 아래의 거미줄은 아무도 걷지 않은 지 오래인 듯했다. 그래도 길옆 비탈 아래로 흐르는 작은 계곡은 꽤나 보는 재미가 있었다. 맑은 물줄기를 타고 새빨갛고 샛노란 잎사귀들이 바위틈 사이로 미끄러지며 빙글빙글 돌았다. '숲 체험장'이라는 표지판이 달린 오솔길도 있었는데 안쪽에서는 아이들이 왁자하게 떠드는 소리가 들려왔다. 미리와 있다는 다른 팀인 모양이었다. 이지가 눈을 반짝였다.

"아빠, 나 저기 가 볼래."

"그래, 이따가 가 보자."

아빠가 숨을 몰아쉬며 겨우 대답했다. 숙소는 관리동에서 가깝긴 했지만, 작은 언덕 같은 오르막길을 한 번 더 올라가야 하는 게 문제였다.

"자, 다 왔다."

아담하게 지어진 단층 통나무집이었다. 이곳은 열심히 관리한 듯 현관 입구도 깨끗했고 열쇠도 부드럽게 꽂혀 들어갔다.

"안녕하세요."

"아, 네, 안녕하세, 요."

마침 1호실에서도 사람이 나오고 있어 인사를 했다. 등산복 차림의 중년 부부들이었다. 그쪽은 뭔가 더 말을 나누고 싶은 기색이었지만, 이서의 가족은 그렇게 할 수 없었다. 이서는 문이 열리자마자 아빠를 안쪽으로 밀어 넣었다. 아빠의 얼굴이 새파랗게 질려 있었다. 좀 전부터 불안하다 싶었는데 역시 예상한 대로였다. 밭은기침이 튀어나오더니 숨소리가 심상찮게 쌕쌕거렸다. 천식 발작이었다. 이서가 얼른 아빠의 배낭을 벗기는 사이 아빠가 급히 주머니를 더듬어 흡입기를 꺼냈다. 겨우 제 숨이 돌아왔을 때에는 이지가 생수병을 두 손으로 들고 아빠 앞에 서 있었다. 아빠는 물병을 받고선 힘없는 얼굴로 웃었다.

"음, 됐어. 이제 괜찮아. 걱정하지 마."

"진짜지?"

이지가 불안한 눈동자를 이리저리 굴리더니 다시 한번 물었다.

"진짜 아빠 괜찮은 거지?"

"그럼."

이서는 가라앉은 눈으로 주변을 한 바퀴 둘러보았다. 허둥지둥하느라 내던진 봉투가 터져서 사방에 참치 캔과 즉석 밥, 소스 병과 과자 봉지가 나뒹굴고 있었다.

아, 최악이다.

이서는 입술을 세게 깨물었다. 희미한 피 맛이 움씰 타오르는 마음 위로 찬물을 부었다. 심장이 쿵쾅거리다가 누가 꽉 움켜쥐기라도 한 것처럼 얌전해졌다.

"……나 좀 나갔다 올게."

깊게 심호흡을 하고 나서, 이서는 꾹 눌린 목소리로 말했다.

"그, 그럴래?"

아빠가 움찔하며 말을 이었다.

"너무 멀리 가진 말고."

아빠는 언제 어디서나 나갔다 온다고 할 때마다 똑같은 당부를 하곤 했다. 이서가 매번 정말 어디론가 멀리 가 버리기라도 할 것처럼.

"언니, 나도!"

"아니. 이지는 좀 쉬다가 아빠랑 같이 아까 거기 가자, 숲 체험장. 언니는 운동 가려나 봐."

동생은 그 말에 냉큼 다시 아빠 옆에 붙었다. 이지도 알았다. '운동' 가는 언니는 절대 따라갈 수 없다는 것을. 그것을 운동이라고 부르는 게 맞는지는 이서 자신도 알 수 없었다.

등 뒤로 현관문을 닫고서, 이서는 몸을 숙여 운동화 끈을 꽉 조였다. 뒤집어쓰고 있었던 후드 티의 모자를 벗어 목 뒤로 넘기고, 손목에 차고 있던 머리끈으로 긴 머리칼을 한데 모아 높게 올려 묶었다.

이서는 허리를 쭉 펴고 하늘을 한 번 바라보았다. 탁 트인 시야 한구석에 심상찮은 회색으로 물든 구름이 몰려오고 있었다. 바람도 습한 것이 비가 올 모양이었다. 헛웃음이 나오려다 어색하게 일그러진 입가에 걸려 사그라졌다.

늘 입는 후드 티는 오버사이즈라 소매가 손등을 다 덮을 정도로 내려왔다. 교복 셔츠도, 트레이닝복도, 잠옷마저도 이서의 옷은 늘 손가락만 겨우 드러날 정도의 오버사이즈였다. 긴 소매는 오직 '운동'을 할 때에만 걷혀 올라갔다. 이서는 양팔을 단숨에 팔꿈치까지 걷어붙이고 시계를 확인했다.

딱 한 시간만 뛰고 오자. 그럼 다시 착한 신이서로 돌아갈 수 있을 것 같다.

왼손 손등부터 손목까지 구불구불 이어지는 흉터 위에서, 시계 유리가 반짝 빛났다.

*

"어, 재미있어. 정말이야. 여기 엄청 좋아."

──그렇지, 수하야? 엄마 말 듣길 잘했지? 그래도 너무 놀지만 말고 많이 많이 배워 오는 거다? 아유, 역시 목사님 말씀은 틀림이 없다니까. 엄마가, 너무 기쁘네?

수하는 찌푸린 미간 사이를 손가락으로 긁었다. 그래도

입만은 한껏 웃고 있었다. 그래야 목소리가 밝게 나오니까.

"아이고, 우리 엄마, 또 우시네. 얼른 끊는 게 낫겠다. 내일 봐."

—울긴 누가……. 그래, 이만 끊자. 잘 마치고 와. 선생님 말씀 잘 듣고.

수하는 '선생님'에게 폰을 돌려주었다.

"감사합니다."

"뭘."

'선생님', 열린반석 교회 청소년 주말 캠프 인솔자, 박시현이 환하게 미소 지으며 대답했다. 올해 막 대학에 입학한 시현이 처음 맡은 캠프 인솔이었다. 한 살 위인 김성광과 함께라고는 하지만 1박 2일간 어디로 튈지 모르는 중고등학생 일곱 명을 책임져야 한다. 게다가 그 일곱 명은 교회 내에서도 겉도는 아이들이라고 들었다. 시현은 잔뜩 긴장하고 있었다.

'어른'들은 멋진 언니와 형이 아이들과 신나게 놀며 마음도 좀 열어 주고, 교회의 품 안에 따뜻하게 안길 수 있게 도와주라고 했지만 사실 시현은 자신이 없었다. 또래 중에서도 유독 조용하고 내성적인 성격의 시현이었다. 캠프 인솔자가 된 것도 거절할 용기를 내지 못했던 탓이 컸다.

오는 길에 버스를 기다리는 사이, 한 아이가 바닥에 침을 탁 뱉으며 대수롭지 않게 욕설을 중얼거린 순간부터 시현의 손바닥에선 식은땀이 배어났다. 그런 시현의 손에서 쇼핑백을 슥 빼앗아 든 것이 바로 이 아이였다.

남수하.

이제 고1이라는데도 키가 180센티는 되어 보이게 크고, 햇볕에 짙게 그을린 얼굴 위에는 안경을 쓰고 있었다. 학교 축구부였다가 최근에 그만뒀다고 들은 것 같았다. 교회 맞은편 분식집에서 일하시는 아주머니 아들인데 교회는 처음 나오는 것이라고 했던가.

짐이 너무 많아 보여서요. 이건 제가 들게요.

그 덕분에 조금은 용기를 얻고 아이들을 인솔하고 있는 시현이었다. 그래서 전화를 좀 써야 한다며 사무실을 찾는 수하에게 흔쾌히 자신의 휴대폰을 빌려주었던 것이다. 수하에게는 휴대폰이 없었다. 들고 오지 않은 게 아니라, 아예 개통도 하지 않았다는 모양이다. 요즘 세상에 신기한 아이라고 생각했지만 더 캐묻지는 않았다. 게다가 기껏 한 통화가 엄마한테 거는 안부 전화라니, 역시 특이한 아이라고 생각했다.

"장기 자랑 준비는 잘 해 왔어?"

수하가 멈칫했다.

"기권……하려고 했는데요."

"미안하지만 기권은 없어. 너무 부담 느끼지는 말고 쉬운 걸로 아무거나 해. 뭐, 정 안 되면 애국가라도 부르고 들어가."

저 애들 앞에서 애국가 열창이라니, 그게 더 부담스러웠다. 수하는 숲 체험장 구석구석에 흩어져 있는 다른 아이들을 곁눈질하곤 고개를 저었다.

"선생님!"

흔들다리 옆 그늘에서 춤 동작을 맞춰 보던 여자애들이었다.

"저희 진짜 강당 못 써요? 진짜요?"

"아, 응! 강당은 공사 중이라서 안 되겠다셔. 우리 방 넓으니까, 짐 한쪽으로 밀고 어떻게 해 보자."

짜증 섞인 불만이 터져 나왔다. 시현은 안절부절못하며 종종걸음으로 그쪽을 향했다. 수하는 그 뒷모습을 바라보며 희미하게 눈살을 찌푸렸다.

다른 아이들은 체험장 곳곳에 흩어져 있었다. 이름은 숲 체험장이라고 거창하게 붙여 놨지만, 수련원마다 흔히 있는 목재로 만든 놀이터에 불과했다. 그나마 밧줄에 매달려

물웅덩이를 지나게 한 곳이나, 그물로 안전장치를 해 놓고 계곡을 건너도록 설치한 흔들다리는 인기가 좀 있어 처음엔 다들 한 번씩 타 보긴 했다. 지금은 그마저도 시들해져서 각자 구석에서 시간을 보내는 중이었다. 여자애들은 장기 자랑 연습 중이고, 남자애들은 각자 휴대폰만 들여다보고 있었다.

수하는 할 일이 없어졌다. 영 맞지 않는 자리에 억지로 끼워 넣은 퍼즐 조각이 된 기분이었다. 세상에, 교회라니! 엄마에겐 교회가 무척 소중하겠지만 수하에겐 아니었다. 딱 한 번만 함께 가자는 엄마의 애원에 캠프만이라면 일단 가 보겠다고 대답하긴 했지만 아는 얼굴도, 할 일도 전혀 없었다. 다른 아이들이 자신을 힐끔거리는 것도 별로 기분이 좋진 않았다.

그래서 공터 구석에 굴러다니는 공 하나를 발견했을 때는 오히려 기뻤다. 누가 버리고 간 지 오래인 모양이었다. 표면이 까져 있었지만 그럭저럭 쓸 수는 있을 것 같았다.

통, 발 옆면, 통, 발등, 뒤축에 가볍게 튕겨, 통, 다시, 오르내리는 공.

수하는 움찔하며 공을 두 손으로 잡았다. 체험장의 모두가 자신을 쳐다보고 있었다. 얼굴에 열이 훅 올라왔다.

"우와."

누군가가 조용히 중얼거렸다. 수하에게는 귀에 스피커를 대고 외친 것만큼이나 크게 들렸다. 수하는 얼른 공을 옆구리에 끼고 체험장 밖으로 걸음을 옮겼다.

"수하 어디 가니?"

"화, 화장실요!"

다행히 따라오는 사람은 없었다. 수하는 도망치다시피 흙 계단을 달려 내려와선 한숨을 내쉬었다. 축구공은 안전하게 품에 안겨 있었다. 불과 몇 개월 전까지만 하더라도 밥숟가락만큼이나 친숙한 물건이었는데, 그새 조금 낯설게 느껴졌다. 수하는 복잡한 눈으로 공을 내려다보았다.

축구.

그만두지 않았더라면…….

그때 시야 끝에서 뭔가가 어른거렸다. 수하는 고개를 들어 오르막길 위를 바라보았다. 나무에 가려 잘 보이지는 않았지만 탁탁탁 가볍게 바닥을 때리는 발소리가 점점 가까워지고 있었다.

누구지?

머리 위에서 이름 모를 산새 소리가 울려 퍼졌다. 한가롭게 늘어지는 울음. 이런 평화로운 곳에서 저렇게 빠르게 뛸 일이 뭐가 있다고.

그렇게 생각한 때, 모퉁이의 숲 그림자를 꿰뚫으며 그 아이가 튀어나왔다.

수하는 눈을 크게 떴다. 품이 큰 새하얀 후드 티가 바람을 안고 펄럭였다. 트레이닝복 차림의 두 다리는 한 치의 흔들림도 없이 경사진 길을 달려 내려오고 있었다. 운동화가 힘차게 땅을 박차며 옅은 흙먼지를 피워 올렸다.

그린 듯이 훌륭한 자세였다. 한순간 넋을 잃은 수하의 귓가에 경기장의 환호성과 기합 소리가 설핏 스칠 만큼.

숨을 들이켜며 수하가 눈길을 끌어올렸다. 그제야 상대의 얼굴을 확인했다. 여자애였다. 긴 머리를 높이 올려 묶은. 이미 거리는 지척이었다. 눈이 마주쳤다. 날카롭고 싸늘한 눈빛이 수하를 훑었고 수하는 자기도 모르게 눈을 내리깔았다. 갈 곳을 잃은 채 떨어지던 시선이 마침 앞뒤로 크게 휘두르던 상대의 팔에 닿았다.

"어?"

멍청한 소리가 새어 나오고 말았다. 황급히 입을 막았지만 의미 없는 행동이었다. 아마 들렸을 것이다.

그 아이는 멈춰 서지 않았다. 돌아보지도, 선명한 화상 자국을 굳이 숨기려 들지도 않았다. 그냥 똑같은 모습, 똑같은 속도 그대로 수하에게서 멀어지고 있었다. 수하는 난처한 표정으로 그 뒷모습을 쳐다보았다. 그러다 깨달았다. 왜 저 달리기에서 눈을 뗄 수 없었는지.

저것은 평범한 조깅이 아니었다. 더없이 공격적이고 전투적인 달리기였다. 뒤쫓아 오는 상대를 내팽개치고, 앞을 가로막는 것들을 꿰뚫고 나아가는 질주. 경기 때마다 등 뒤를 떠밀던, 심장이 터질 듯 빠르게 뛰어도 모든 걸 잊은 채 오로지 달리게 하던 그 힘. 수하에겐 익숙했던 그것이었다.

왜?

혼란스러웠다. 뭔가 봐서는 안 되는 것을 몰래 훔쳐보기라도 한 기분이었다. 멍하니 서서 그 뒷모습을 좇던 수하는 그 아이가 길 끄트머리의 매점 앞에 멈춰 서자 자기도 모르게 그쪽으로 걸음을 떼고 있었다.

3. 폭풍의 시작

"천오백 원."

"여기요."

심호흡으로 가쁜 숨을 가다듬으며, 이서는 다시 소매를 길게 내린 손으로 카드를 내밀었다. 영수증과 카드를 돌려받는 사이 누군가 매점 안으로 들어섰다. 힐끗 보니 좀 전에 지나쳤던 남자애였다. 키는 멀대같이 커도 비슷한 나이쯤 되어 보였는데 웬 낡아 빠진 축구공을 아직도 옆구리에 끼고 있었다. 숲 체험장에 있었던 무리의 일행인가 보다, 그렇게만 생각하며 카운터의 음료수 캔을 집어 들었다. 뚜껑을 따 막 한 모금을 머금은 때였다.

"저, 저기."

남자애가 무슨 일인지 옆에 다가와 서 있었다. 이서는 찬이온 음료를 세 모금쯤 더 삼키고 나서야 캔을 내려놓았다. 크게 원형을 그리는 수련원의 둘레길을 세 바퀴나 돈 후였다. 목이 너무 탔다.

"왜?"

"아, 그게……."

이서는 그제야 그 아이의 얼굴을 제대로 바라보았다. 이서도 작은 키는 아니건만 고개를 살짝 들어 올려야 할 정도였다. 기껏 시선을 끌어놓고도 안경 너머의 눈은 이서를 마주 보지 못하고 이리저리 헤매고 있었다. 이서는 기다렸다. 기다리는 건 늘 자신 있었다.

수하는 기다리지 못했다. 머릿속의 생각이 정리되기도 전에 입이 제멋대로 움직이고 말았다.

"그렇게 뛰면 무릎 다 나가거든. 조심해야……."

이서의 눈썹이 휙 치켜 올라갔다. 내내 무표정하던 이서의 얼굴에 처음으로 선명한 감정이 떠올랐다. 수하는 움찔 놀라 허둥거리며 손을 내저었다.

"아니, 그게 아니라! 이 말을 하려던 게 아니고!"

이건 또 무슨 오지랖이란 말인가. 난생처음 보는 사이에 이해할 수 없는 참견이었다. 깊은 불쾌감이 이는 것을 느끼며, 이서는 입을 꾹 다문 채로 남자애를 바라보았다. 그 눈과 마주친 수하는 얼굴이 붉어졌다가 하얘졌다가 어찌할줄을 몰라 하더니 결국 어깨를 축 늘어뜨렸다. 수하가 시선을 바닥에 떨어뜨린 채 작게 중얼거렸다.

"아까 무례했던 것 같아서, 사과하고 싶었어."

이서의 눈가가 희미하게 찌푸려졌다.

아.

무슨 소린지 알 것 같았다.

하지만 그걸 사과하겠다고 여기까지 따라왔다니, 팔 걷고 달리면서 그보다 더한 일도 얼마든지 겪어 본 이서로서는 오히려 지금 이 아이의 반응이 더 이상하고 불편했다. 이서는 그냥 달릴 뿐이었다. 하루 한 시간, 친구들의 눈도 가족들의 눈도, 그리고 어쩔 수 없이 상처에 집착하게 되는 자기 자신의 눈도 신경 쓰지 않은 채, 흉터를 가리는 짓을 그만둘 시간이 필요할 뿐이었다. 꽉 막혀 버린 마음을 뚫기 위해 그저 달리는 것일 뿐이다.

오늘은 그조차도 방해받고 말았다.

"그래."

수하에게서 슥 눈길을 돌리며 이서가 말했다. 1 더하기

1은 2라고 읊는 듯한, 아무런 감정도 느껴지지 않는 목소리였다. 어차피 몇 분 안에 잊어버릴 일이었다. 이서는 이미 마음속에서 오늘의 이 장면을 오려 내는 중이었다. 늘 그랬듯이 이따 비로소 혼자가 되면 하루 동안 쌓인 이 쓰레기들을 한 번에 불태워 없애 버릴 것이다. 그러니까 상황은 단순한 것이 좋다. 이서는 대화를 길게 끌고 싶지 않았다.

그 마음도 모르고 수하는 속 편하게 씩 웃었다.

"어, 응. 미안."

더 이상 주고받을 말도 없는데 남자애는 선뜻 자리를 뜨지 못했다. 이서는 캔을 마저 비우고는 쓰레기통에 던져 넣었다.

우르릉— 하고, 그리 멀지 않은 곳에서 천둥소리가 들렸다.

"아이고, 학생들 오늘 날을 잘못 잡았네. 곧 꽤 내리겠어."

매점 아저씨가 쯧쯧 혀를 찼다. 금방이라도 비가 쏟아질 듯 바람에 물 냄새가 짙게 풍겨 왔다. 이만 돌아가야 할 것 같았다. 이서는 작게 고개를 까딱하고는 매점 문으로 향했다. 그때였다.

찢어지는 듯한 동물의 비명이 울려 퍼졌다.

이서가 움찔하는 사이 수십 마리의 개가 동시에 울부짖는 소리가 이어졌다. 아주 가깝지는 않지만, 그렇다고 멀지도 않은 곳이었다. 손바닥에 식은땀이 배어 나왔다. 본능적인 공포에 등줄기가 오싹했다.

"거참. 또 저러네."

매점 아저씨가 신경질적으로 귀를 팠다.

"개예요?"

수하가 굳은 얼굴로 물었다. 매점 아저씨는 대수롭지 않다는 듯 어깨를 으쓱하고는 산 저편을 가리켰다.

"그래. 저기 저 너머에 개 농장이 하나 있거든. 천둥번개만 치면 아주 저렇게 짖어 댄다니까? 이상하게 요샌 특히 더 하네."

개 농장.

생소한 단어가 귀를 쿡 찔렀다. 아저씨가 급히 덧붙였다.

"아, 소리는 저래도 꽤 먼 곳이니까 학생들은 신경 쓰지들 마. 금방 그쳐, 금방!"

열심히 둘의 눈치를 살피는 아저씨였다. 아무래도 손님이 줄어든 이유가 근방의 리조트 때문만은 아닌 듯싶었다. 이서는 고개를 내젓고는 매점 밖으로 한 발을 내디뎠다. 막 빗방울이 떨어지기 시작하고 있었다.

"여, 사장님! 맥주가 벌써 떨어져 버렸네. 혹시 막걸리는 없습니까? 이따 오기로 한 친구는 꼭 막걸리만 찾더라고."

"아이고, 그럼요. 있지요."

매점에 새 손님들이 들어왔다. 그러는 사이에도 발작적인 그 소리는 계속 이어지고 있었다. 이서는 아저씨가 가리켰던 방향을 한 번 돌아보았다. 개 짖는 소리,라고 부를 만한 소리일까 저것이. 이서에게는 그것이 비명처럼 들렸다.

무언가 끔찍한 것에 쫓기며 정신없이 내지르는 그런 비명.

뒷덜미에 떨어지는 빗방울이 유독 차서 몸서리가 쳐졌다. 역시 이 여행은 오는 게 아니었다.

*

저녁 메뉴는 크림스파게티였다. 펜션에서의 저녁 식사라면 보통 숯불에 직화로 구운 고기 요리겠지만 이서는 '그날' 이후로 불 자체를 피하고 싶어 했다. 결국 이지가 좋아하는 메뉴가 저녁 식사로 차려졌다. 아빠가 요리한 — 베이컨과 양파를 잔뜩 썰어 넣고 시판 소스로 맛을 낸 — 스파게티는 생각보다 먹을 만했다.

밖에선 폭우가 퍼붓고 있었다. 바람도 거세서, 나뭇잎 위로 빗줄기가 쏟아지는 소리가 숙소 안까지 요란하게 울려 퍼졌다. 일기 예보로는 강수 확률 25퍼센트였건만, 지금 바깥 날씨는 폭풍이라도 덮친 느낌이었다. 계절과 어울리지 않는 천둥번개까지 이어졌다. 여섯 살 이지는 용감하게도 그 상황을 즐기고 있었다. 의자를 아예 거실의 통창 앞에 끌어다 놓고 스파게티를 먹었다. 창밖은 이미 어둠이었다. 곳곳에 설치된 주홍색 조명이 숲길을 발갛게 밝혔다. 그 빛 아래에서 나무 그림자가 커다랗게 춤을 췄고 빗방울들이 사선으로 몰아치며 반짝였다.

이서와 아빠는 마주 보고 앉아서 젓가락을 움직였다. 펜션엔 어린이용 포크는 있어도 어른용으로는 수저밖에 준비되어 있지 않았다. 아빠는 학교가 어떤지, 요즘 공부는 잘되는지 평범한 고1에게 흔히 하는 질문을 몇 가지 던지더니 피곤한 날은 결석 좀 하고, 공부는 굳이 하기 싫으면 하지 말라는 흔하지 않은 조언으로 대화를 마쳤다. 이서는 언제나처럼 "아."나 "응, 알았어."로 대답을 뭉갰다. 아빠는 몇 번인가 다른 말을 하려다가 결국 입을 다물었다. 이서는 못 본 척 TV 쪽으로 시선을 돌렸다. 어색한 침묵이 이어졌다.

넷이었던 가족이 셋이 된 그날 이후로, 이서 가족은 내내 이런 식이었다. 아빠는 이서를 마치 건드리면 터지는 비눗방울 대하듯이 했다. 이서는 오히려 바윗돌 흉내를 냈다. 겉으로 보기엔 다정한 아빠와 예의 바른 딸이었지만 그들 사이의 거리는 다섯 걸음 이하로 좁혀진 적이 없었다. 둘 사이를 마음껏 오갈 수 있는 것은 오직 이지뿐이었다.

"어?"

이지가 유리창에 이마를 착 붙였다.

"왜 그러니, 이지야?"

"아빠, 저기."

아빠가 고개를 갸웃하며 일어났다. 이지는 창밖의 어느 한 지점을 가리키고 있었다.

"저기 뭐? 아빠 눈에는 안 보이는데."

"응? 움."

이지는 콧잔등을 찡그리며 창밖을 노려보더니 결국 고개를 내젓고 접시를 내밀었다.

"더 주세요."

비는 설거지를 마치고 났을 즈음 잦아들기 시작하더니 저녁 8시가 넘어서자 거의 그쳤다. 변덕스러운 날씨였다. 이서는 창을 약간 열어 보았다. 시원한 바람에 신선한 흙과 풀 냄새가 물씬 배어 있었다.

옆 숙소는 그 시간만을 기다려 온 모양이었다. 창을 활짝 열고 여럿이서 왁자지껄 웃고 있었다. 술잔을 부딪치는 소리가 이서네 숙소까지 들려왔다.

이서는 쓴 침을 꿀꺽 삼키고 창가에서 물러났다. 정작 여행이라고 낯선 곳에 오긴 했지만 따로 무엇인가 하려고 준비한 것이 전혀 없었다. 그들은 완전한 초보 여행자였다. 결국 아빠와 이지는 과자 봉지를 뜯어 TV 앞에 앉았고 이서는 휴대폰을 들고 구석에 누웠다. 인터넷 TV라 이지가 좋아하는 어린이 채널이 나왔다. 마침 제일 좋아하는 만화가 연속으로 방송 중이었다. 아빠한테 주인공들을 하나하나 신나게 소개하던 이지는 아빠 휴대폰이 울리기 시작하자 입을 다물었다.

또 회사 전화인 모양이었다. 이서는 작게 한숨을 내쉬었다.

아빠가 곤란한 표정으로 자리에서 일어났고, 이지는 언니에게 다가와 붙어 앉았다.

"언니야."

"응."

"아빠 또 회사 가는 거야?"

이 시간에 회사 전화라니, 아마도 그래야 할 것이다. 아빠의 회사는 쭉 그랬다. 주말에도 밤 9시건 새벽 3시건 일이 터지면 아빠가 가야 했다. 이지는 시무룩한 얼굴이었다. 이서는 덮고 있던 이불을 들췄다. 동생이 그 속으로 쏙 파고들어 언니 품에 안겼다. 이서는 여기저기 풀어헤쳐진 짐을 눈으로 좇았다. 다시 싸는 데 얼마쯤 걸리려나.

하지만 상황은 예상치 못한 방향으로 흘러갔다.

"그건 좀 힘들겠습니다."

아빠가 말했다.

이서는 눈을 깜박였다. 아빠, 지금 무슨 소릴 하는 거야?

"제가 지금, 가족들이랑 여행을 와 있어서요."

난생처음 들어보는 단호한 목소리였다. 가족들이랑요. 아빠가 한 번 더 힘주어 말하며, 이서와 이지 쪽을 돌아보았다. 잘못 들은 게 아니었다. 이서의 입이 가볍게 벌어졌다. 동시에 이지가 벌떡 일어나더니 외쳤다.

"아빠 안 가? 진짜?"

"네, 팀장님. 그러니까 그 건은 내일…… 여보세요? 음?"

아빠가 휴대폰을 귀에서 떼더니 화면을 확인했다. 뭐가 잘못된 것일까?

"여보세요? 아니, 전화가…….."

"아빠가 안 간다! 아빠 안 가!"

"잠깐만 이지야. 전화가 왜 이러지?"

이서가 뒤늦게 정신을 차렸다.

"아빠."

낮은 목소리로 아빠를 불렀다. 그리고 TV를 가리켰다. 퐁

퐁 뛰어다니던 원색의 캐릭터는 온데간데없이 사라지고 까맣게 변한 화면에 연결을 확인하라는 문구만 떠 있었다. 인터넷이 끊긴 모양이다. 그 정도야 가끔 있는 일이라 놀랄 것도 없었지만 전화까지 안 되다니 이상했다.

"통신망…… 같은 데 문제가 생겼나? 네 전화도 안 되니?"

이서의 휴대폰도 마찬가지였다. 전화도 인터넷도 불통이었다.

아빠가 황망한 얼굴로 뒷머리를 긁었다. 그러고 보니 몇 년 전에도 전산 장애로 몇 시간 동안 전화도 인터넷도 먹통이 된 일이 있긴 했었다. 문제는, 이렇게 전화도 인터넷도 안 되는 상황이면 무슨 일이 생긴 것인지조차 알 수 없다는 점이었다.

하필 지금, 오늘 같은 날. 바로 이런 때에.

일단 도중에 끊어진 아빠 통화가 급했다. 사태를 제대로 전하고 정식으로 업무 조정을 해야 했다. 이대로라면 모처럼 큰마음 먹은 아빠의 입장이 아주 곤란해지고 만다.

……아빠는 왜, 어울리지도 않는 일을 해서는.

"어디 보자, 유선 전화는 되지 않을까? 관리동에 한 번 가봐야겠다."

시계는 9시 12분을 가리키고 있었다.

4. 습격

"지금?"

"어쩔 수 없지."

아빠가 서둘러 겉옷을 꿰입었다. 그 모습을 가만히 바라보던 이서가 나지막하게 말했다.

"우산 챙겨 가."

아직 하늘엔 구름이 많이 남아 있었다. 언제 다시 비가 쏟아져도 이상하지 않을 날씨였다. 아빠는 고개를 끄덕였다.

"그렇지. 고맙다."

아빠가 신발장 옆의 장우산을 챙겨 들고선 웃어 보였다. 초승달 모양으로 휘어진 눈가에 주름이 자글자글했다.

"금방 다녀올게. 둘이 잠깐만 기다리고 있어."

"안녕히 다녀오세요."

이지가 배꼽 인사를 했다. 기름칠 잘된 현관문이 소리도 없이 닫혔다. 아빠가 열쇠로 밖에서 문을 잠가 주었다.

이서는 반응이 없는 휴대폰을 주머니에 넣고 벽에 기대 앉았다. 동생도 냉큼 그 옆에 엉덩이를 붙이고 앉아 언니 팔에 머리를 기댔다. 이지는 이렇게 꼭, 아빠나 언니와 있을 때는 어딘가 몸이 서로 맞닿도록 앉는 습관이 있었다.

"언니, 이제 TV 못 봐?"

"응."

"폰도 못 봐?"

이서는 잠시 고민하다가 자기 휴대폰을 넘겨주었다.

"게임이라면 될 거야."

이지가 환호성을 지르더니 휴대폰을 받아 들었다. 같은 숫자를 짝지어 큰 숫자로 만드는 단순한 게임을 골랐다. 언니가 시끄러운 소리를 싫어한다는 걸 잘 아는 이지는 음 소거 모드로 숫자 퍼즐을 맞춰 나갔다. 거나하게 취한 사람들의 고성방가는 여전히 이어지고 있었지만, 둘의 방안은 더없이 고요해졌다.

"……재미있어?"

"응! 엄청 재미있어. 오늘은 정말 최고로 즐거운 하루야."

이서는 말문이 막혔다. 이지가 슬쩍 고개를 들어 언니를 바라보더니 히죽 웃었다.

"또 오자, 우리. 자주 오자."

따뜻하고 동글동글한 목소리였다. 이서는 말없이 시선을 피했다.

하루가 너무 길게 느껴졌다. 피곤했다. 너무너무 피곤했다. 이서는 눈을 감았다. 아무것도 보이지 않고 아무 소리도 들리지 않도록. 바라던 대로 사방이 조용하게 가라앉았다. 아무도 아무 말도 없는 이 침묵의 순간이 이서는 마음에 들었다. 이서의 세계엔 익숙한 고요함이었다. 그래서 들렸다.

버석,

하고 낙엽이 밟히는 소리가.

이서의 고개가 홱 돌아갔다. 통창 쪽이었다. 잘못 들었나 싶어졌을 즈음에 다시 한번, 버석버석, 누군가가 또 낙엽을 밟았다. 이서는 손을 뻗어 휴대폰 게임을 중지시켰다. 부루퉁해져서 불만을 터뜨리려던 이지가 언니의 얼굴을 보고선 입을 다물었다. 검지를 입술 앞에 세운 이서의 표정이 심상치 않았던 것이다.

이 숙소는 가파른 오르막 위에 지어져 있었다. 닦아 놓은 흙길은 통나무집을 뒤로 돌아 테라스가 딸린 현관 쪽으로 이어져 있었고, 거실의 통창은 관리동이 내려다보이는 경사진 내리막의 숲 쪽으로 나 있었다. 낮에 봤을 땐 탁 트인 시야 아래로 카펫처럼 깔린 나무들이 장관이었다.

소리는 바로 그쪽에서 들려오고 있었다.

아빠라면 길을 따라 왔겠지. 아빠라면, 길도 없는 저 수풀을 거슬러 올라올 리가 없다.

등골이 오싹해졌다. 머리끝이 곤두설 것 같은 이때에도 옆 숙소에서는 뭐가 그리 즐거운지 크게 웃음을 터뜨렸다.

이서는 몸을 잔뜩 숙이고 창문 쪽으로 기어갔다. 아까 조금 열어 둔 창문으로 바람이 들고 있었다. 최대한 소리가 나지 않게 천천히, 창문을 밀었다. 유리가 두꺼운지 열 땐 몰랐는데 창문이 꽤 무거웠다. 쉽게 깨지진 않겠다고 생각하니 마음이 조금은 든든해졌다. 창문이 제대로 닫히자마자 팔만 위로 뻗어 잠금쇠를 채웠다.

"언니, 왜?"

이지가 겁먹은 목소리로 물었다.

"아니, 그냥."

별일 아닐 것이다. 아마 토끼나, 어쩌면 고라니 같은 것이겠지. 사람이라면…… 나쁜 마음을 먹은 사람이라면, 이런 허름한 수련원보다는 다른 곳을 노리지 않을까? 어쩌면 예민해져서 별것 아닌 소리에 과민 반응 하는 것일 수도 있다.

아빠랑 통화가 되면 좋을 텐데.

동생의 얼굴이 굳어 있었다. 이서의 휴대폰을 두 손으로 꽉 쥔 채, 커다란 눈을 부릅뜨고 언니만을 바라보고 있었다.

"괜찮아."

공연히 긴장해서 이지를 놀라게 한 건 아닐까. 이서는 참았던 숨을 내쉬고 천천히 몸을 일으켰다. 아니, 일으키려 했다.

시커먼 물결이 창틀 바로 아래에서 넘실거리고 있었다. 창밖으로 비친 형광등 불빛이 뻣뻣하게 곤두선 표면 위를 천천히 타고 흘렀다. 두 팔을 활짝 벌린 너비의 두 배 크기였던 창문 한쪽 끝에서 반대쪽 끝까지를 가득 채운 채로. 그것은 손발로 바닥을 기느라 엎드린 이서의 바로 코앞을 지나고 있었다.

철사처럼 억센 섬유가 통나무 벽에 비벼지며 이루 형용할 수 없는 마찰음을 만들어 냈다.

털가죽이다.

온몸이 사시나무 떨듯이 떨려 왔다. 창에서 지면 바닥까지는 꽤 높이 차이가 있었다. 도대체 얼마나 큰 짐승이란 말인가. 털가죽 아래에서 꿈틀대는 근육이 더없이 느릿하게 움직였다.

지나가라. 지나간다. 어서 지나가, 제발!

'그것'이 시야에서 사라지는 십여 초가 영원처럼 길게 느껴졌다. 다행히 이지는 눈치채지 못하고 고개만 갸웃할 뿐이었다. 동생이 그동안 아무 소리도 내지 않은 게 기적이었다. 이서 자신도 마찬가지고. 그것이 불 켜진 이서네 숙소 안을 들여다보지 않은 것으로 평생의 운을 다 썼는지도 몰랐다. 커튼도 치지 않은 숙소는 안이 훤하게 다 드러나 있었다.

그것이 이서네 숙소에서 멀어졌다는 생각이 든 순간, 이서는 바닥을 후다닥 기어 이지를 품에 끌어안았다. 힘이 빠진 팔이 자꾸 바닥에서 미끄러졌다. 입술을 짓씹으며 손톱 끝으로 벽을 긁어 몸을 일으켰다. 당장 형광등부터 꺼야 했다.

탁— 소리와 동시에,

"저, 저게 뭐야?"

옆 숙소에서 비명 소리가 터져 나왔다.

이서는 동생의 입을 틀어막았다. 방 안에 어둠이 가득 찼다.

와지끈 뭔가가 부서졌다. 그 짐승이 옆 숙소 벽을 들이받은 모양이었다. 놀라움과 두려움이 뒤범벅된 비명이 고막을 찢을 듯이 울려 퍼졌다. 아비규환 가운데 몇몇 단어들은 알아들을 수 있었다. 차라리 듣지 못했더라면. 그랬다면 얼마나 좋았을까. 이지를 끌어안고 입을 막느라 그 소름 끼치는 소리를 고스란히 뒤집어썼다. 옆 건물에서 일어나고 있는 일이 그대로 눈앞에 그려졌다. 누군가가 창문을 닫으려다 실패했다. 그러다 팔을 물렸다. 그를 구하려고 뒤에서 끌어당기는 일행들과 그것 사이에 뼈와 살을 밧줄 삼은 끔찍한 줄다리기가 이어졌다. 결국 그것이 창문을 아예 부수고 들어왔고 정면의 현관 쪽으로 달아나려던 사람을 먼저 공격해 깔아뭉갰다. 아무도 도망칠 수 없었다.

가구가 부서지고 유리창이 한 번 더 깨지고 질척한 걸 밟아 대는 소리가 들렸다. 이제는 한 명이 길게, 길게 비명을 질렀다. 오직 한 명만이. 숨이 턱 끝까지 닿도록 내지르고, 짧은 숨을 헐떡이자마자 다시 죽을힘으로 내지르는 소리. 아마 저 사람은 자신이 비명을 지르고 있다는 것조차 모를 것이다.

이서는, 알고 있는 감각이다.

잘 쉬어지지 않는 숨을 억지로 들이마셨다. '그날'의, 콧속을 새카맣게 태워 버릴 것 같던 그 냄새가 되살아났다. 눈을 지져 버릴 것 같던 열기. 자신이 무엇을 하고 있는지도 모른 채 죽을힘을 다해 비명을 질렀었다. 시커멓고 시뻘겋게 변해 연기가 피어오르는 왼손을 높이 쳐든 채로. 몸부림치며 아스팔트를 구르는 이서를 사람들이 끌어냈다.

— 학생, 학생! 괜찮아? 숨 좀 쉬어 봐!

휘청이며 돌아간 시야에 화염에 휩싸인 차체가 들어왔다. 말해야 했다. 물어봐야 했다.

엄마는요?

엄마는?

비명이 뚝 끊겼다.

다시, 펜션 안이었다. 꽉 깨문 입술에서 피 맛이 났다. 주변이 기이하도록 고요해졌다. 품 안에서 동생이 꿈틀거리는 게 느껴졌다.

"쉿."

귀에다 대고, 간신히 들릴 만큼 작게 속삭였다. 이지의 움직임이 멈췄다. 다만 작은 어깨가 심상치 않게 부풀었다 가라앉았다 했다.

"괜찮아. 잠깐만 참아."

도대체 무슨 동물일까? 멧돼지? 곰? 이서는 필사적으로 머리를 굴렸다. 그것이 무엇이든, 우리나라에 그렇게 거대한 야생 동물이 버젓이 돌아다닐 수 있는 걸까?

그것은 숙소 안을 이리저리 휘젓고 다니고 있는 듯했다. 짐승은 이상할 정도로 아무 소리도 내지 않았다. 인간들은 그렇게나 악을 썼는데, 그것에게는 이 모든 일이 포효는커녕 으르렁거림 한 번도 필요치 않을 만큼 대수롭지 않은 일인 것일까.

와장창 냉장고가 쓰러졌을 때에야, 이서는 처음으로 그것의 소리를 들을 수 있었다. 좁은 비강 사이로 공기가 힘겹게 오가는 듯한 소리였다. 마치 코골이 같은, 하지만 사람의 것과는 비교도 할 수 없이 더 크고, 더 고통스럽고, 더 질척거리는 그런 소리.

유리 조각이 자박거렸다. 이서는 몸을 더 낮췄다. 그것이 유리창을 넘어 다시 밖으로 나오고 있는 모양이었다.

커튼을 칠걸. 커튼을 쳐 둘걸!

동생을 온몸으로 껴안고 바닥에 바짝 엎드린 채, 이서는 기도했다.

그냥 지나가게 해 주세요. 지나가게 해 주세요. 지나가게 해 주세요, 제발요.

온 신경을 귀에 집중했다. 감각이 극도로 예민해져, 물방울 하나 떨어지는 소리마저 알아들을 수 있을 것만 같았다.

짐승은 올 때와 마찬가지로 버석버석 낙엽을 밟아 댔다. 느린 발소리는 믿을 수 없을 정도로 한가로웠다. 발소리는 숙소 반대쪽을 향해 멀어져 가고 있었다.

이서는 몸을 조금 움직여, 창 저편이 보일 각도로 목을 늘였다. 옆 숙소의 형광등 불빛이 숲을 향해 흘러나오고 있었다. 그 빛이 미치는 저 끝에서 그것이 멀어지는 게 보였다. 어둠에 묻혀 가던 뒷모습에서, 두툼한 발바닥이 마지막으로 눈에 들어왔다. 젖어서 번들거리는 살점에 부서진 낙엽이 덕지덕지 붙어 있었다. 무엇에 젖은 것인지 알고 싶지 않았다.

구토가 치밀어 오르는 것을 필사적으로 참았다.

둘은 한동안 꼼짝도 하지 않고 버텼다. 그것이 충분히 멀어질 때까지 기다려야 했다. 얼마나 시간이 흘렀을까. 그것이 돌아오는 기미는 없었다. 이서는 동생을 끌어안은 팔에서 힘을 풀었다. 어둠에 익숙해진 눈에 이지의 얼굴이 보였다. 눈물범벅이 된 얼굴로, 이지는 입술을 떨고 있었다.

"가, 갔어?"

"응. 그런 것 같아."

막 울음을 터뜨리려는 동생의 입 앞에 이서는 급히 손가락을 세웠다.

쉿. 조용히.

"언니야, 나 무서워."

나도 그래.

무심결에 튀어나오려는 말을 꿀꺽 삼켰다.

"괜찮아. 이제 끝났어."

"정말?"

대답할 수 없었다. 정말 이게 끝일까? 혹시 이쪽으로 되돌아오고 있는 건 아닐까? 무엇도 확신할 수 없었다. 기다리던 대답이 없자 이지의 얼굴이 일그러졌다. 눈물을 뚝뚝 떨어뜨리면서 더듬거렸다.

"아, 아빠한테 갈래."

이서는 휴대폰을 들여다보았다. 여전히 통화 불가였다.

"아빠한테 갈 거야!"

빽 소리를 지르는 이지. 이서는 기겁해서 동생의 입을 틀어막았다. 소용이 없었다. 이지는 계속해서 악을 써 댔다. 손바닥만으로는 막을 수 없었다. 아빠한테 갈 거야! 아빠! 아빠! 불분명한 발음이지만 숙소 밖으로 분명히 새어 나갈 만큼 큰 소리였다. 이서가 자기도 모르게 말했다.

"알겠어. 알겠으니까, 그만!"

이지가 뚝 울음을 그쳤다. 아이가 눈으로 묻고 있었다. 진짜지?

이서는 숙소 안을 빠르게 훑었다. 안에는 둘뿐이었다. 열일곱 살 여자애 하나, 여섯 살 여자애 하나. 그리고 이 집과

저 바깥 사이를 가르고 있는 건 유리 한 장뿐. 그 유리가 얼마나 쉽게 박살이 나는지는 이미 옆 숙소의 예로 확인했다. 이곳은 안전하지 않았다. 커튼을 치고 버티는 건 어떨까? 그래도 어른들이 올 때까지 숨죽이고 기다리는 편이 안전하지 않을까?

어른 누구? 아빠?

이서는 앞머리를 거칠게 헤집었다. 아빠가 저 괴물을 상대로 뭘 할 수 있을 것 같지가 않았다. 그 순간 찬물을 뒤집어쓴 듯 등줄기가 오싹해졌다.

아빠는?

저 짐승은 분명히 숲을 거슬러 올라왔다. 관리동으로 통하는 길은 바로 그 숲을 끼고 있었다. 그리고 시간이 꽤 흘렀는데도 전화를 확인하러 간다는 아빠는 아직도 돌아오지 않고 있었다. 불길한 상상이 스멀스멀 피어올랐다. 이서는 고개를 획 내저었다. 아니, 아니. 엉뚱한 생각 하지 마. 멈춰.

그래도, 이대로는 안 돼.

머리가 잘 돌아가지 않았다. 가슴이 미친 듯이 뛰면서 머리에 피가 몰렸다. 너무 많이.

그러고 보니 아까 이지가 소리 지른 걸 듣고 그것이 돌아오고 있으면 어쩌지?

이서가 또 대답이 없자 이지는 발꿈치로 바닥을 내려찍으며 화를 내고 있었다. 도무지 진정할 기미가 없었다. 이서는 창밖을 노려보았다. 숲길을 따라 늘어선 가로등 불빛이 환했다. 언덕 아래로, 큰 나무에 반쯤 가렸지만 관리동 2층에 불이 켜져 있는 것도 아주 잘 보였다.

저곳에 어른들이 있다. 어쩌면 아빠도. 아니, 아빠도 꼭 저기에 있어야 해.

"이지야. 우리 가자."

이서는 동생 입에서 손을 떼고 자기 쪽으로 돌려세웠다.

"아빠한테?"

"응. 아빠한테. 그 대신, 지금부턴 소리 지르면 안 돼. 울면 큰일 나. 알았지?"

이지가 겁먹은 얼굴로 고개를 끄덕였다. 언니가 자기 눈을 똑바로 들여다보고 있었다. 늘 자신에게 잘 대해 주는 언니였지만, 이렇게 눈을 마주 보고 이야기했던 일은 거의 없었다. 이지는 입술을 옆으로 당겨 꾹 다물며 열심히 고개를 끄덕였다. 눈물이 솟는 것도 꾹 참았다.

이서는 동생과 자신의 겉옷을 집어 들었다가 다시 내려놓았다. 몸이 가벼운 편이 좋을 것 같았다. 그들은 달릴 것이었다. 더 정확하게는, 이서가 이지를 업고 뛸 작정이었다.

울퉁불퉁한 산길에 비까지 온 뒤라 여섯 살짜리에게는 걷는 것도 힘들 게 뻔했다. 조심하며 천천히 내려가는 것도 생각해 봤지만, 그러다 이지가 넘어져 울거나 도중에 겁먹어 멈추기라도 한다면…… 그러다 그 짐승에게 따라잡히기라도 한다면? 상상도 하고 싶지 않은 사태였다.

그러니 전속력으로 달려 내려간다. 그것이 우리를 눈치채지 못하는 사이에.

달리는 것이라면 자신 있었다. 누군가를 업고 뛰는 일은 처음이었지만 지금은 이것저것 가릴 때가 아니었으니까. 매일 한 시간씩 전력 질주 하며 단련된 자신의 다리를 믿는 수밖에. 그게 이런 식으로 도움이 될 줄 누가 알았을까.

마음을 굳힌 이서는 신발 끈을 고쳐 맸다. 몸도 풀었다. 긴장한 채 달리다가 발목이라도 접질리는 날에는 큰일이었다. 시간을 들여 발목을 돌리고, 쭈그려 앉았다 천천히 일어나며, 손바닥으로 짚은 허벅지에 단단히 자리 잡은 근육을 느껴 보았다.

할 수 있을까?

"……언니야?"

"응. 이지, 이리와 봐."

등을 내밀었다. 동생은 고개를 갸웃하더니 얌전히 등에

업혔다. 또래 중에서도 체구가 작은 동생은 각오했던 것보
다는 가벼웠다. 그래도 혹시 중간에 힘이 빠질 경우가 걱정
이었다. 잠시 고민하던 이서는 겉옷을 동생 등 뒤로 두르고
소매를 앞으로 당겨 가슴 앞에서 꽉 졸라맸다.

"안 아파?"

"응. 언니는? 괜찮아?"

"아무렇지도 않아. 힘 꽉 줘. 절대 팔 풀면 안 된다?"

이지가 말없이 고개를 끄덕였다. 창문에 붙어 바깥을 살
피고 도어 뷰로 현관 바깥쪽도 꼼꼼히 확인했다. 다른 이상
은 없었다. 이서는 조심스럽게 현관문을 열었다.

세찬 바람에 머리칼이 마구 휘날렸다. 비에 젖은 나무가
와스스 흔들리며 빗방울들을 흩뿌리고 있었다. 자기도 모
르게, 이서는 옆 숙소의 현관을 바라보았다. 단정하게 닫힌
문. 아기자기한 캠핑용 랜턴 모양으로 꾸며져, 조용히 빛나
고 있는 작은 조명. 거짓말처럼 평화로운 풍경이었다. 이서
는 질끈 눈을 감고 고개를 돌렸다.

계단을 내려와 흙바닥을 디뎌 보았다. 어두침침한 숲길
이 길게 이어져 있었다. 등에 매달린 동생을 한 번 추슬러
올리고, 숨을 크게 들이마셨다.

이서는 땅을 박찼다.

5. 유실물

수하는 감자칩 한 조각을 입에 넣었다. 그러곤 차마 와삭 씹지 못하고 조심스럽게 녹여 먹기 시작했다. 스크린 속의 여자 주인공이 지하실로 내려가고 있었던 것이다. 방 안의 모두가 숨을 죽이고 그녀의 무사를, 혹은 불행을 빌고 있었다. 주인공은 가족들과 함께 교외의 낡은 집으로 이사를 왔고, 그 후로 원인을 알 수 없는 기이한 사건들을 겪고 있었다. 그리고 지금 그녀는 자다 일어나 지하실에서 들리는 이상한 소리를 좇아 손전등 빛에 의지해 계단을 내려가고 있는 참이다.

굳이 왜 저래야 되는데?

수하는 이해가 가질 않았다. 자신이라면 당장 지하실 문을 잠가 버리고 밝고 안전한 낮 시간에 여럿이서 함께 내려가 보는 방법을 택할 것이다. 굳이 지금 당장 위험을 무릅쓸 필요가 없지 않나? 저렇게 덜덜 떨고 있으면서 말이다. 수하는 콧잔등을 긁으며 생각했다. 위험은 피해야 한다. 수하는 그렇게 배웠다.

그래서 엄마도, '어떤 날'은 친구 집에서 자고 오라며 어린 수하를 대문 밖으로 내보내곤 했었다. 다행히 그 위험은 이제 그들 가족의 삶에서 사라져 주었지만 아직도 엄마는 가끔 악몽을 꾼다. 수하의 경우엔……

주인공이 비명을 지르며 지하실에서 뛰쳐나왔다. 수하도 자리에서 일어났다.

"어디 가려고?"

시현이 작은 목소리로 물었다.

"졸려서요. 먼저 잘게요."

수하가 얌전히 웃어 보였다. 시현은 고개를 끄덕였다. 어차피 공식 행사는 끝난 후였다. 걱정했던 장기 자랑이 생각보다 성황리에 잘 끝나서 시현은 기분이 좋았다. 공들인 댄스 무대는 조명 좋은 강당을 준비해 주지 못한 게 미안할 정도로 훌륭했고, 이곳에 와서 한마디도 않고 휴대폰 게임만

하던 아이들도 의외로 진지한 카드 마술을 보여 주었던 것이다. 수하가 낡은 축구공으로 보여 준 묘기는 다들 눈이 휘둥그레질 정도였다.

— 이렇게 잘하는데 축구는 왜 그만뒀어?

아이들의 물음에 수하는 멋쩍어하며 대답했다.

— 이 정도는 잘하는 게 아니거든.

그러곤 거짓말 말라는 추궁에 눈이 너무 나빠져서 안 되겠더라고 웃는 것이었다. 그 후로도 죽 분위기가 괜찮았다. 갑자기 휴대폰들이 먹통이 되어 소란이 일긴 했지만 준비해 온 노트북으로 틀어 준 공포 영화가 꽤 반응이 좋아 다행이었다. 아이들은 투덜거리면서도 영화에 집중해 주었다. 덕분에 시현도 어느 정도 긴장이 풀어져서, 아이들과 함께 과자를 나눠 먹으며 취침 전 자유 시간을 즐기는 중이었다.

동반 인솔자인 김성광이 이미 남자 숙소에서 쉬고 있었으니 별문제는 없을 것이었다. 공포 영화 싫어하나 보다, 속삭이며 시현은 수하를 내보내 주었다. 수하는 조용히 문을 열고 나왔다.

"으으으!"

밖으로 나오자마자, 수하는 두 팔을 쭉 뻗고 기지개를 켰다. 하루 종일 여러 사람 눈치를 살피려니 이만저만 피곤한 것이 아니었다. 어서 들어가서 눕고 싶었다. 하지만 옆에 나란히 붙은 남자 숙소에서도 꽤나 시끄러운 음악 소리가 흘러나오고 있었다. 절로 한숨이 나오려는 찰나였다.

수하는 멈칫했다. 남자 숙소 앞에 쪼그려 앉은 김성광이 휴대폰 화면을 노려보고 있었다.

"왜 계속 안 되는 거야! 거지 같은 하루네, 정말! 되는 일이 하나도 없어."

동작 않는 화면을 신경질적으로 두드리는 손에는 불붙은 담배 개비가 들려 있었다.

"너 운 좋은 줄 알지? 내가 돌아가기만 해 봐. 가만 안 둬."

잔뜩 낮춘 목소리에 짜증과 분노가 가득 차 있었다. 수하는 입을 꾹 다물고 뒤로 물러섰다. 저 앞을 지나쳐서 숙소로 들어가고 싶은 마음은 전혀 없었다. 보아하니 지금은 연결이 되지 않는 누군가와 문제가 있는 모양이었다. 성광이 다시 한번 낮의 그 상냥한 교회 형의 입에서 나왔다고는 믿을 수 없는 욕설을 내뱉었다. 수하는 조용히 계단을 내려와 숙소 뒤편으로 돌아 나왔다.

이제야 겨우 떠나보냈는데, 또다시 저 세계를 마주하고 싶은 생각은 추호도 없었다.

긴 한숨이 자기도 모르게 새어 나왔다. 거세게 불어오는 바람에 바람막이가 마구 펄럭였다. 지퍼를 목 끝까지 채우고, 수하는 주머니에 두 손을 찔러 넣었다. 좀 걷다 와야 할 모양이었다. 비가 잔뜩 온 뒤라 사방이 진흙밭이었지만 숙소 근방엔 보도블록이 깔려 있었다. 잘 닦인 길만 골라 딛다 보니 어느새 관리동 쪽으로 방향이 잡혀 있었다.

아직 매점이 열려 있으려나. 음료수라도 하나 사 먹을까. 거기까지 생각이 미치자 낮에 있었던 일이 불쑥 떠올랐다. 수하는 자기 머리를 세게 후려쳤다.

"이 멍청이…… 등신 같은 인간아."

도대체 얼마나 멍청해 보였을까. 그때 거기서 왜 그러다 무릎 나간다 같은 소리나 하고 앉아서는……. 어처구니없다는 듯 눈썹을 휙 치켜올리던 여자애의 얼굴이 떠올랐다.

생각해 보면 이상한 아이였다. 그렇게 고작 눈썹 한 번 들어 올린 게 끝이고, 그 아이는 내내 아무런 표정이 없었다. 꽤 오래 달렸을 텐데 힘들어하지도 않았고, 자신의 멍청한 소리에 화를 내지도 않았다. 그 거슬리는 개떼 소리에도 무서워하는 기색 하나 없었다. 그저 눈만 돌려 필요한 일만 확인할 뿐. 눈빛은 사람을 움찔하게 만들 정도로 차가웠는데 목소리는 계속 책이라도 읽듯이 평온했다. 마치 감정이 없는 사람이라도 되는 것처럼.

"인형?"

소리 내어 뱉어 놓고 보니, 역시 이건 아니다 싶다.

"……로봇?"

스스로의 한심함에 치를 떨며 수하는 자기 입을 찰싹 때렸다.

"넌 그냥 입을 다물고 있자."

어느새 수련원 둘레길로 이어지는 큰길까지 내려와 있었다. 저쪽에 관리동과 붙어 있는 매점이 보였다. 안타깝게도 불은 꺼진 채였다. 아무래도 음료수는 틀린 모양이다. 투덜거리며 돌아서던 수하가 다시 고개를 돌렸다.

길 한 가운데에 뭔가가 떨어져 있었다. 주홍색 가로등 빛 아래에서 반짝반짝 빛나는 그것은 이상할 정도로 수하의 호기심을 잡아끌었다. 다가가 보니 손에 맞춤하게 들어오는 대롱 모양 플라스틱이었다. 안에는 은회색의 작은 금속 캔이 꽂혀 있었다. 어딘가에 세게 부딪혔는지 귀퉁이가 좀 찌그러졌다. 수하는 그것을 눈높이로 들어 올렸다. 맨 아래쪽의 앞으로 튀어나온 부분에는 구멍이 뚫려 있었다. 아, 영화에서 본 것처럼 생겼네. 수하는 그 구멍을 입에 대는 시늉을 해 보았다. 그게 맞는 것 같았다.

이거 약인데. 그, 재난 영화 보면, 이것 없으면 큰일 난다는 사람들 있었는데.

이런 게 왜 여기 떨어져 있는지 이해가 가질 않았다. 수하는 그것을 이리저리 돌려보았다. 그러다 발견했다. 플라스틱 귀퉁이에 작게 묻어 있는 붉은 액체를.

"어?"

이게 그건 아니겠지? 설마? 그렇게 생각하며 주변을 둘러보던 수하의 얼굴이 조금 창백해졌다. 땅은 젖어 있었다. 조명이 있다 해도 밤이라 주변은 어두운 편이었다. 하지만 수하의 눈에는 보였다. 바닥의 몇몇 군데 색이 아주 조금, 다르다는 것이. 크고 작은 얼룩들이 점점이 퍼지다 길 바깥으로 이어져 있었다.

심장이 쿵쿵 뛰었다. 누가 코피라도 흘린 걸까? 그렇게 생각해 보려 했지만, 누가? 이 시간에? 이런 걸 떨어뜨릴 정도로 급하게? 의문만 꼬리를 물었다. 다행히 물어볼 곳이 멀지 않은 데에 있었다. 수하는 그것을 꼭 쥐고 관리동 쪽으로 달렸다.

*

1층 사무실은 불이 꺼진 채 문이 잠겨 있었다. 수하는 건물을 빙 돌다가 2층으로 이어지는 철제 계단을 찾았다. 불이 켜져 있는데도 안에서는 반응이 없었다. 문을 한참을 두드린 후에야 사람이 나왔다. 직원은 빨간 모자를 머리에 겨우 얹어만 놓은 채였다. 한쪽 손에는 귀에서 막 뽑아낸 이어폰이 들려 있었다.

"응? 무슨 일이야?"

술 냄새가 확 끼쳐 왔다. 이러니 아무 소리도 못 듣고 있을 만했다. 수하는 들고 온 것을 보여 주었다.

"저기, 이게 저쪽 길에 떨어져 있어서요."

"그게 뭔데?"

직원은 수하에게서 그것을 받아들고는 눈살을 찌푸렸다.

"흡입기네? 이게 왜?"

이게 왜?라니. 떨어져 있었다니까요. 아무렇게나 떨어뜨리고 다닐 물건이 아니잖아요? 수하의 입이 굳었다. 피일 수도 있는 그 흔적에 대해서는 뭐라고 이야기하지? 이 사람 지금 제대로 들을 생각은 있는 걸까?

직원이 갑자기 두 팔을 문지르더니 문에서 물러섰다.

"으, 추워! 일단 들어와. 안에서 이야기하자."

2층 사무실은 간단한 숙식이 가능하도록 꾸며져 있었다. 전면의 유리창을 향해 놓인 책상엔 각종 서류와 열쇠 꾸러미가 있었고 1층으로 통하는 내부 계단을 끼고 한쪽 벽에는 작은 싱크대, 반대쪽 벽에는 간이침대가 설치되어 있었다. 책상 위에는 서류 외에도 빈 맥주 캔 여러 개와 만화책이 쌓여 있었다. 직원은 그 앞으로 다가가더니 메모지 한 장을 떼어 내 끼적이기 시작했다.

"벌써 시간도 많이 늦었는데, 이게 걱정돼서 온 거야? 착한 학생이네?"

"아니, 그게……."

"분실물 보관함에 넣어 둘게. 내일 다들 체크아웃하러 올 테니까 그때 확인하면……."

직원의 팔꿈치가 위태롭게 얹혀 있던 컵라면 그릇을 탁 쳤다. 반쯤 남아 있던 국물이 바닥에 쏟아지자 에이 씨, 투덜거리면서 직원이 쪼그려 앉았다. 머리가 책상에 부딪히며 빈 맥주 캔까지 요란한 소리를 내며 바닥에 떨어졌다. 수하도 반사적으로 그 옆에 다가가 휴지로 바닥을 닦기 시작했다. 직원이 민망한 듯 헛기침을 했다.

"저기, 요새 비수기라 야간에는 나 혼자 여기 관리하거든. 오늘은 이상하게 인터넷도 안 되고 TV도 안 나와서 이것저것 살펴보다가 이제야 쉴 참이었어. 이해하지?"

"네."

"우리 쪽 문제는 아니고 통신사 문제 같더라고. 기다리다 보면 곧 고쳐질 거야. 그러니까 돌아가서 후기 좀, 잘 부탁할게."

전화도 안 터지고 TV도 안 나오는 깡촌에 직원이 일은 안 하고 술이나 퍼마시더라고 쓰지 말아 달라는 부탁이었다. 수하는 작게 한숨을 내쉬었다.

"네."

"그래. 음, 그리고 보니 너 운동 좀 했나 보다. 체격이 좋네. 학교에서 인기 많지?"

직원은 당황해서 이젠 본격적으로 수하를 구워삶으려 들었다. 수하는 머리가 아파졌다. 이 모든 상황이 바보 같았다. 별일 아닌 걸로 공연히 여기까지 올라왔나 보다 싶은 생각이 들었다. 그러고 보면 쓸데없이 예민해지는 때가 있다. 이번에도 그 예민병, 쓸데없는 참견병이 도진 것이다. 정작 필요할 때는 한없이 겁쟁이였으면서.

수하는 고개를 세게 한 번 털고는 이제 가야겠다고 말했다. 너무 늦게 돌아가면 사람들이 걱정할 테니까. 직원이 고개를 끄덕이며 다시 한번 새 휴지를 말아 쥐는 그때였다.

텅텅텅 —

철제 계단이 요란한 소리를 토해 냈다. 누군가 급하게 관리실 계단을 뛰어 올라오고 있었다. 수하와 직원이 서로의 얼굴을 마주 보며 눈을 껌벅였다. 이 시간에? 또?

닫혀 있던 문이 쾅 소리를 내며 열리더니 벽에 거세게 부딪혔다. 귀신 우는 것 같은 산바람 소리가 좁은 사무실 안을 가득 채웠다.

문틀 양쪽을 붙잡고 서서, 금방이라도 쓰러질 듯 어깨를 들썩이는 상대.

수하가 반쯤 입을 벌린 채 어정쩡하게 일어났다. 아는 얼굴이었다. 아는데 전혀 모르는 얼굴이다.

그 여자애가, 절대로 그 여자애 같지 않은 얼굴로 그곳에 서 있었다.

6. 악몽보다 더

이서가 황망한 눈으로 사무실 안을 훑었다.

"아빠는요?"

"뭐?"

"우리 아빠, 여기, 없어요?"

목소리가 마구 흔들리는 것은 턱에 닿도록 숨이 찬 때문만은 아닌 것 같았다. 직원이 얼빠진 얼굴로 대답했다.

"너희 아버지? 안 오셨는데, 왜?"

이서의 얼굴에서 핏기가 싹 빠져나갔다. 땀에 젖은 채 붉게 달아 있던 피부가 한순간에 종잇장처럼 변하더니 무릎이 꺾였다. 쓰러진다! 놀란 수하가 급히 이서에게 다가갔다.

이서는 쓰러지지 않았다. 문틀을 쥐고 버티더니, 다시 다리에 힘을 주고 몸을 일으켰다. 그러곤 몸을 돌려 사무실 문을 걸어 잠갔다. 수하와 직원은 그제야 이서의 등에 업혀 있던 이지를 발견했다. 이지야말로 거의 혼절 직전이었다.

"어? 어어?"

직원이 후다닥 달려왔다. 이서가 떨리는 손으로 매듭을 풀자 이지가 뒤로 휙 기울었다. 수하와 직원이 작은 아이를 조심스럽게 받아 안고 침대에 눕히자, 이서는 그제야 바닥에 주저앉았다.

수하는 믿을 수가 없었다. 아무래도 숙소에서 여기까지 저 애를 업고 뛴 모양새였던 것이다. 심상찮은 예감에 뒷덜미가 서늘해졌다. 분명히 보통 일이 아니었다.

"학생, 왜 그래? 무슨 일이야?"

"아…… 안 되는데, 아빠 여기 있어야 하는데……?"

이서가 넋을 놓고 중얼거렸다. 앞에서 누가 뭐라고 말을 하는 것 같은데, 이서의 귀에는 하나도 들리지 않았다. 이서는 두 손으로 머리를 쥐어뜯었다. 심장이 터질 듯이 발악하고 온몸의 근육이 끊어질 것 같았지만 무엇보다, 어지러웠다. 세상이 빙빙 돌았다.

아빠는 지금 어디에 있는 걸까? 여기까지 달려오는 중에는 사람 그림자도 못 봤다. 아빠는 지름길을 찾겠답시고 정해진 길을 벗어나는 사람도 아니었다. 오가는 중이었다면 분명히 마주쳤어야 했다.

어떡하지?

신경질적으로 씹어 대던 입술에서 기어코 피가 흘렀다.

"야, 너. 피!"

수하가 깜짝 놀라 휴지를 내밀었지만 이서의 눈엔 보이지도 않았다. 그때 침대 위에 늘어져 있던 이지가 웩 구토를 하고 말았다. 투덜거리며 침대 쪽으로 향하는 직원을 제치고 이서가 번개처럼 달려가 동생을 일으키고 등을 두드렸다.

"괜찮아? 물 줄까? 마실래?"

"언니야……."

이지가 토사물이 범벅된 얼굴로 다시 울먹이기 시작했다.

"아빠 여기 없어? 아빠 어디 갔어?"

"그게……."

"아빠도 잡아 먹혔어?"

머릿속이 새하얗게 변했다. 이서뿐만이 아니었다. 사무실 안의 모두가 덜컥했다. 직원이 모자를 벗어 들며 인상을 찌푸렸다.

"그건 또 무슨 소리야? 얘들아, 제발 말 좀 해 볼래? 지금

이게 무슨 상황인 건데?"

위협적인 목소리에 이지가 어깨를 움츠렸다. 이서는 그
런 동생을 품에 끌어안고 직원을 노려보았다. 수하는 숨을
들이켰다. 온몸으로 동생을 감싸는 이서의 모습이, 오래된
기억을 떠올리게 만들었던 것이다.

"뭔가가 저희 옆 숙소를 덮쳤어요."

으르렁대듯 말하던 이서가 다시 덧붙였다.

"동물 같았어요. 엄청…… 엄청 컸어요. 거기 있던 사람들
다 잘못됐을지도 몰라요."

하, 직원이 헛웃음을 흘렸다. 괜히 긴장했었다는 투로 그
는 가볍게 고개를 내저었다. 이런 일을 하다 보면 온갖 이상
한 사람을 다 만나게 된다. 결국 이번에도 그런 경우라고 그
는 판단했다.

"동물이라니, 무슨 소리야. 내가 여기서 삼 년을 일했는데
이 근방에서 나오는 산짐승이라고는 고라니 정도라고. 너
희가 뭘 잘못 알았겠지. 그 흔한 멧돼지도 본 적 없거든?"

"아니에요!"

이서가 거칠게 외쳤다. 그러곤 지금까지 있었던 일을 쏟
아 내기 시작했다. 길지 않은 이야기였지만 이해가 쉽지 않
았다. 끔찍한 이야기였다. 두 팔로 그것의 크기를 가늠해 보

이고 옆 숙소에서 들려왔던 그 끔찍한 비명에 대해 말할 때 이서의 목소리는 가늘게 떨리고 있었다.

수하는 혼란스러웠다. 이 애의 말대로라면 지금 이 수련원 안에 3미터나 되는 정체 모를 짐승이 돌아다닌다는 소리였으니까. 납득이 안 되기는 직원도 마찬가지였다.

"혹시 꿈 같은 걸 꾼 거 아니니?"

수하도 해 본 생각이었다. 낮부터 이 애는 좀 특이하다고 느껴 왔으니까. 하지만 그 생각은 이서의 경멸 어린 시선과 마주한 순간 힘없이 쪼그라들고 말았다. 바닥에 놓인 겉옷이 눈에 들어왔다. 떨어뜨리지 않겠다고 저 옷으로 동여매고서, 이 시간에 동생을 업고 여기까지 뛰어온 아이였다. 흙탕물이 튀어 엉망진창이 된 옷가지에서 절박함이 느껴졌다. 자신이라면 그렇게 할 수 있을까? 확신할 수 없었다.

"뭐가 있었더라도 밤이라 실제보다 더 크게 느껴졌을 수 있어."

변명조로 덧붙이며, 직원이 휴대폰을 눌러 보다가 다시 화면을 껐다. 여전히 전화는 먹통이었다. 그 문제의 옆 숙소에 전화만 걸어 보면 간단히 해결될 일인데 하필 이럴 때 통신이 온통 말썽이었다. 거참 이상하네. 그럴 동물이 없는데. 중얼거리는 직원의 행동이 굼뜨기만 했다.

"멧돼지일 수도 있잖아요. 다른 산에서 넘어온."

수하가 이서의 눈치를 살피며 조심스럽게 나섰다.

"아니면…… 근처에 개 농장이 있다고 들었는데요. 거기서 도망친 개일 수도 있지 않을까요?"

"뭐, 그럴 수도 있겠다."

이서는 눈을 질끈 감았다. 더 들어 줄 수가 없었다. 도움이 되지 않는 사람들이었다. 지금 이럴 시간이 없는데!

"신고해야 해요. 지금 당장요."

그리고 당장 아빠를 찾아야 한다.

"전화가 아직도 안 터지는걸. 유선 전화도 먹통이고. 그보다도 일단 뭐가 어떻게 된 건지 나도 확인을 좀 해 봐야지. 학생 말만 듣고 섣불리 사람들 불렀다가 별일 아니면 내 입장도 많이 곤란해지지 않겠어? 나도 말단 직원일 뿐인데……."

직원은 주섬주섬 겉옷을 챙겨 입더니 출입구 옆의 손전등을 찾아 들었다.

"학생 말대로 위험할 수도 있으니까, 너희는 여기 있어."

이서가 급히 고개를 저었다.

"안 돼요!"

"아유, 괜찮아. 이런 거 하는 일이야, 내가"

나가면 위험한데. 직원은 이서의 말을 끝까지 듣지도 않았다. 그는 귀찮다는 듯 손을 한 번 내젓고는 그대로 밖으로 나가 버렸다. 이서가 팔을 뻗어 보았지만 이미 늦은 뒤였다.

"아저씨가 아빠 찾으러 간 거야?"

품 안에서 속삭이는 동생. 이서는 입술을 꾹 당겨 입을 닫은 채 고개를 끄덕였다. 가슴이 미친 듯이 뛰었지만 이지에게 들키고 싶지 않았다. 생각. 생각을 해야 했다. 잘 기억해 보자. 여기까지 달려오는 중에 뭔가 있었는지. 어떤…… 희망적인 단서가 있진 않았는지.

"이거. 필요할 것 같아서."

옆에서 생수병과 물티슈를 쑥 내밀었다. 이서는 그제야 수하의 얼굴을 알아보았다. 아는 척할 여유는 없었다. 건네받은 물티슈로 동생 얼굴을 닦아 주는 사이에 수하가 어색하게 말을 이었다.

"괜찮아? 어디 다친 덴 없어?"

이서는 대답하지 않았다. 수하는 그 정적을 견딜 수가 없었다.

"우리 낮에 만났었지? 내 이름은, 남수하야. 별로 관심 없겠지만. 저 위에서부터 얘 업고 뛰어 내려온 거 맞아? 너 진짜 대단하다. 길도 미끄러웠을 텐데 둘 다 안 다쳐서 정말 다행이야. 아, 물 내가 따 줄게."

아직도 손이 떨려 뚜껑을 못 열고 있었다. 이서는 수하가 열어 준 생수병으로 이지의 목을 축여 주었다. 이지가 조금씩 진정하고 있어 그나마 다행이었다. 아이는 방금 나간 직원이 아빠를 금세 찾아오리라고 기대하고 있었다.

어른이니까. 어른들은 못 하는 일이 없으니까.

이서의 생각은 달랐다.

그날, 이서는 조수석 차창 밖만 노려보고 있었다. 엄마는 충격받은 얼굴로 이서를 바라보고 있었다. 화가 난 것 같기도 하고 슬퍼하는 것 같기도 했다. 이서는 창문에 반사된 엄마의 눈과 마주치지 않으려고 마구 지나치는 가로등 수만 필사적으로 세고 있었다.

—이서야, 엄마는.

그 순간 정면을 새하얗게 물들이며 닥쳐오던 전조등 불빛.

엄마는 제때 핸들을 틀지 못했다. 전방이 아닌 엉뚱한 곳을 쳐다보고 있었기 때문에.

어른이면서.

"신이서야. 내 이름."

처음으로 돌아온 대답에 수하의 얼굴이 밝아졌다. 저는 이지예요. 동생의 목소리를 들으며 이서는 몸을 일으켰다.

그리고 창가 쪽으로 다가갔다. 시큼한 냄새를 풍기는 빈 맥주 캔 너머로 길을 따라 걷고 있는 직원의 모습이 보였다. 그는 손전등을 이리저리 비춰 가며 천천히 걷고 있었다. 더 가까이 보려고 몸을 기울이는데 책상을 짚은 손끝에 무언가 닿았다. 작은 종이상자였다. 분실물이라고 인쇄된 A4 용지가 옆면에 붙어 있었다.

무심결에 그 속을 훑어보던 이서의 손이 얼어붙었다. 머리핀, 귀걸이, 색 바랜 티셔츠 사이에서 회색 플라스틱 막대가 삐죽 고개를 내밀고 있었던 것이다. 그것은 이서에겐 너무 익숙한 물건이었다. 이서는 침을 꿀꺽 삼키고 흡입기를 꺼내 들었다. 아무리 봐도 아빠 것이 맞았다. 옆면에 작게 긁힌 자국이 있는 게 아빠 흡입기가 분명했다.

"그거 내가 주워 온 건데."

"뭐?"

어느새 동생의 손을 잡고 다가온 수하가 미간을 찌푸렸다.

"좀 전에 이 앞에서 주워서, 그거 갖다주려고 여기 올라왔거든. 너희 물건이었어?"

심장이 쿵 소리를 내며 내려앉았다.

"어, 어디서? 언제? 다른 건 없었어? 주변에 아무도 없었어?"

이서가 멱살이라도 쥘 기세로 외쳤다. 수하는 자기도 모르게 한 발짝 뒷걸음쳤다.

"아무도 없었어. 그냥……."

말을 이으려던 수하의 얼굴이 창백해졌다. 피가 튀어 있었다. 그랬다. 저 물건 주변에 많진 않아도 분명히 피가 튄 자국이 있었다.

"어, 언니. 언니야……."

힘없이 팔을 흔드는 손길. 이서는 동생을 내려다보았다. 이지는 언니를 보고 있지 않았다. 아이는 창밖을 쳐다보고 있었다. 허옇고 뻣뻣하게 굳어서는 어느 한 지점에서 눈도 돌리지 못하고 있었다. 이서는 동생의 시선을 쫓아가 보았다.

아까까지 부산하게 좌우로 움직이던 손전등 빛이 한 곳을 비춘 채 정지해 있었다. 길 좌측, 수풀 쪽을 향한 채로. 엉거주춤하게 멈춰 서서 미동도 못 하고 있는 직원의 모습도 보였다.

시간이 정지한 것만 같았다. 그럴 수 있다면 더 좋았을 것이다. 하지만 당연하게도, 그런 행운은 일어나 주질 않는다.

아무도 아무 말도 못 했지만 모두가 느꼈다. 지금 저곳에서 무슨 일이 일어나고 있는지.

수풀 속에서 그것이 걸어 나왔다. 커다랗고 둥근 머리에

비해 짧은 주둥이가 느리게 좌우로 흔들렸다. 저 머리통만
해도 한 아름은 될 법한데 그 머리가 작아 보일 만큼 넓고
높은 어깨를 꿈틀거리며, 그것이 두툼한 앞발을 내딛고 있
었다. 이서도 조금은 믿고 싶었다. 밤이니까. 무서웠으니까.
실제보다 훨씬 크게 느껴졌을 수도 있다고. 멧돼지 같은 게
어쩌다 넘어왔거나, 개 농장의 개가 도망 나온 것이었을 수
도 있다고.

개소리였다.

저것은 곰, 아니면 그에 가까운 무엇처럼 보였다. 한 번도
본 적 없는 외양이었다. 곰보다는 날렵한 네발짐승, 그래,
늑대처럼도 보였고, 늑대라고 생각하기에는 차라리 곰처럼
보이는 대형 포식종이었다. 그것도 비정상적으로, 말도 안
될 정도로 거대한. 직원 앞에 선 그것은 거의 승합차만 해
보였다. 걸음걸이마저 기이했다. 네 다리의 길이가 모조리
달라 절뚝이는 걸음, 몇 발짝 더 앞으로. 비로소 가로등 아
래로 완전히 나온 그것은 뻣뻣하게 일어선 검은 털가죽 곳
곳에 듬성듬성 맨살이 드러나 있었다. 무엇인가에 쥐어뜯
기기라도 한 것처럼.

악몽 같은 순간이었다.

이서는 자기 입을 틀어막았다. 그래도 손가락 사이로 울

음에 가까운 신음이 흘러나왔다.

느긋하게 건들거리던 그것이 눈 깜짝할 사이에 몸을 날려 직원을 덮쳤다. 수하와 이지가 동시에 비명을 내질렀다.

본능으로 튀어나온 비명이었다. 길지도 않았다. 생각보다 크지도 않았을 것이라 생각한다. 하지만 이서에게는 그 소리가 이 산골짜기 전체에 쩌렁쩌렁 울려 퍼진 것처럼 느껴졌다.

'그것'에게도 그랬던 모양이다.

"안⋯⋯."

안 돼. 말을 맺을 수가 없었다. 그것과 눈이 마주친 순간 온몸이 얼어붙어 버렸으니까. 그것은 정확하게 관리실 2층을 쳐다보고 있었다.

7. 필사의 도주

씹고 있던 것을 툭 내뱉더니 몸을 튼다. 이쪽 방향이었다.

"오, 오는 거야? 이쪽으로 오는 거야?"

수하가 핏기 없는 얼굴로 창문에서 물러섰다. 이서는 동생의 손을 단단히 잡았다.

"지금 도망쳐야……."

아니, 이서는 고개를 가로저으며 뒷말을 삼켰다. 수하에게도 그게 좋은 의견 같진 않았다.

"어디로? 어떻게? 저거 꽤 빠른데?"

도망칠 곳이 없었다. 지금 내려가서 달려 봤자 몸 숨길 곳도 보이지 않는 한밤중의 숲속에 맨몸으로 나서는 일밖에 되지 않았다. 산짐승을 상대로. 자살 행위다.

간신히 붙잡고 있던 이성이 툭 끊어졌다.

"그럼 어떻게 하라고!"

수하도 모른다. 당연히 알 수 없다. 어차피 저건 자연재해였다. 그저 머리를 감싸고 반대 방향으로 뛰는 정도의 본능적인 대처밖에 할 수 없다.

지금은 사무실 문을 잠그는 것 정도였다. 수하가 얼른 달려들어 문을 닫고는 자물쇠를 모조리 채웠다. 그리고 그 앞에 주저앉아 등으로 문을 받쳤다. 그 모습을 보던 이서도 이지를 끌어안은 채 수하처럼 문에 체중을 실었다.

"계단, 못 올라오지 않을까?"

수하가 떨리는 목소리로 말했다. 이서는 대답하지 않고 이지 앞에 손가락을 세워 보였다.

"우리 숨는 거야. 조용히 해야 해. 우리 찾는 걸 그만두고 다른 데로 가 버릴 때까지."

그러면서 생각했다. 정말 수하의 말대로 되었으면 좋겠다고. 그럴 수 있을 법도 했다. 저런 산짐승이라면 계단을 이용해 본 적도 없을 테고, 계단 폭도 그다지 넓지 않으니 금세 이쪽에 흥미를 잃고 다른 곳으로 가 버릴 수도 있을 것 같았다.

텅, 끼기긱―

그것이 첫 계단을 밟았다.

등줄기에 소름이 훅 끼쳐 올랐다. 셋은 손으로 입을 틀어막고 기다렸다. 기도했다.

소용없었다.

텅텅―텅, 금속 난간이 우그러지고 비틀리는 쇳소리가 끔찍할 정도로 컸다. 저 미친 짐승이 난간을 힘으로 찌그러뜨리며 계단을 비집고 올라오고 있었다.

쾅! 차에 받히기라도 한 것 같은 충격에 문짝이 찌그러졌다. 그 힘에 튕겨 나간 아이들이 공포에 질려 등 뒤를 돌아보았다. 찌그러져 들뜬 문 사이로 뜨거운 숨이 악취와 함께 흘러들었다. 아이들은 후다닥 창가 쪽으로 물러섰다. 쾅! 문이 한 번 더 들썩였다. 틈이 더 벌어졌다. 거센 산바람도 끄떡없이 막아 내던 두꺼운 문짝이 엿가락처럼 휘고 있었다. 금방이라도 박살 나서 떨어져 나갈 기세였다.

이서는 미친 듯이 주변을 둘러보았다. 당장 뭔가, 뭔가 해야 했다.

"저기!"

수하가 한 방향을 가리키더니 그쪽으로 달려갔다. 커다란 박스가 쌓여 있던 쪽이었다. 이서도 이지를 데리고 그쪽으로 달려가 박스를 밀쳐 내기 시작했다. 박스 그림자에 가려 있던 계단이 모습을 드러냈다. 1층으로 통하는 내부 계단이었다.

문짝이 요란한 소리와 함께 쓰러졌다. 당장 달아나야 하는데, 자기도 모르게 그쪽으로 눈이 돌아가고 말았다.

그것이 사무실 안으로 들어서고 있었다.

둥그런 머리는 이서 팔로 한 아름은 될 듯했다. 검은 코부터 벌어진 주둥이까지를 모두 축축하게 적시고서, 끈적한 침이 섞인 붉은 피가 바닥으로 툭 떨어졌다. 불규칙한 누런 이빨 사이로 혀가 길게 늘어졌다. 이건 예상했다. 예상했으니까…… 하지만 그것이 고개를 돌려 이쪽을 바라본 순간, 이서는 바닥에 주저앉고 싶어졌다.

눈이, 눈이 이상했다.

양옆으로 길게 드러난 흰자 한가운데서 새까맣고 작은 눈동자가 희번덕거렸다. 마치 사람의 눈처럼. 한쪽 눈은 반쯤 짓물러 고름이 흐르고 있었다. 시뻘겋게 피부가 드러난 흉터가 한쪽 얼굴의 절반 가까이 덮고 있었다.

이서는 저게 어떤 흉터인지 알 수 있었다.

다리가 후들거렸다. 비명조차 지를 수 없었다. 온몸의 피가 얼어붙어 손가락 하나도 움직일 수가 없었다.

그것이 눈을 돌렸다. 길게 찢어진 눈꼬리를 따라 눈동자가 홱 구르더니 머리도 따라 돌아갔다. 커다란 앞발이 장식처럼 쌓여 있던 빈 맥주병과 캔 들을 와르르 쓰러뜨렸다. 역한 쉰내가 물씬 피어오르는 그것들 사이로 짐승이 코를 박았다.

웃음소리 같은, 소름 끼치는 숨소리를 내뱉으며.

수하가 이서의 손을 조용히 움켜쥐었다. 움찔한 이서가 반대쪽 손으로 이지의 어깨를 감싸고 계단을 하나하나 내려갔다. 튼튼한 나무 계단이 소리 없이 아이들의 체중을 받쳐 주었다. 불 꺼진 1층 사무실은 낮과는 전혀 다른 을씨년스러운 풍경이었다. 위층에서 캔이 찌그러지고, 유리병이 깨지고, 가구들이 끽끽 끌리는 소리에 의지해 잠긴 문을 열었다. 그리고 밖으로 나오자마자 달리기 시작했다.

바짝 쪼그라들었던 심장이 미친 듯이 쿵쾅댔다. 달려야 했다. 최대한 멀리 도망가야 했다. 자꾸만 힘이 빠져 휘청이는 다리를 채찍질하는데 이지가 넘어졌다. 아이는 울지도 못하고 바닥에서 바르르 떨었다.

"괜찮아?"

"어, 언니야……."

이서가 그 앞에 쪼그려 앉아 등을 내밀었다. 하지만 이지는 그 등에 매달릴 힘도 없었다. 몸을 일으키지도 못하는 이지를 알아채고 수하가 되돌아왔다. 수하가 이지를 양팔로 안아 들었다.

"가자!"

이서가 입술을 꾹 깨물고 고개를 끄덕였다. 고맙다는 말을 할 겨를도 없었다. 수하부터 뒤도 돌아보지 않고 저만치 속도를 내 달려가고 있었으니까.

주차장 쪽으로는 갈 수가 없었다. 그쪽은 인적 없는 도로만 수 킬로미터 이어져 있을 뿐이다. 셋은 울며 겨자 먹기로 오르막길을 거슬러 올라갈 수밖에 없었다. 중간에 나타난 공예 체험방도, 식당도 모두 문이 잠겨 있었다. 피할 곳이 없다.

결국 반쯤 정신이 나간 아이들의 머릿속에 떠오르는 장소는 한 곳뿐이었다.

"이쪽이야!"

수하네 숙소.

괴물은 아직 따라오는 기색이 없었다. 최대한 빨리 멀어져서 어딘가에 숨어야 했다. 문이 열리는 곳이라면 어디든지. 저 짐승의 눈이 미치지 않는 곳이라면 어디든지.

툭, 차가운 물방울이 이마에 떨어졌다. 금방 머리 위가 부산스러워지더니 빗줄기가 쏟아지기 시작했다.

셋은 온몸으로 비를 맞으며 방 두 개가 연이어 붙은 별채 숙소에 도착했다.

안은 어두웠다. 다만 커튼 안쪽으로 푸른빛이 번쩍이고 있었다. 아직도 영화가 끝나지 않은 모양이었다.

이서가 먼저 달려가 문을 열었다. 지친 수하가 이지를 안고 그 안으로 뛰어들었다.

"뭐, 뭐야? 누구……! 수하야?"

시현이 기겁해서 자리에서 일어났다.

"이게 무슨 일이야? 뭐가 어떻게 된 일이니? 괜찮아?"

수하는 쓰러지다시피 드러누워 숨을 몰아쉬었다. 숨이 차서 아무 대답도 할 수 없었다. 자기를 향해 달려오는 이지를 받아 안으며 이서가 말했다.

"모두, 숨어요."

숨을 크게 들이마셨다.

"괴물이 와요."

숙소 안이 일제히 소란스러워졌다.

아, 안 되는데. 이서의 머릿속이 새하얘졌다. 이렇게 시끄러워지면 그 괴물이…….

그때 수하가 몸을 벌떡 일으켰다. 그리고 한달음에 문을 잠그고 여주인공이 두 눈을 부릅뜨고 있는 노트북 화면을 닫았다. 방 안이 순식간에 컴컴해졌다. 그래도 창밖의 조명이 커튼을 뚫고 들어와 겨우 사물을 식별할 정도는 되었다.

"야, 무슨 짓이야!"

소리를 버럭 지르던 남자애가 수하와 눈이 마주치자 움찔 뒷걸음쳤다. 빨갛게 충혈된 수하의 눈이 무섭게 번쩍이고 있었다.

"조용히 해. 그놈이 들으면 안 된다고."

"무슨⋯⋯."

심상찮은 분위기에 모두가 긴장하기 시작하는 게 느껴졌다. 이서는 숙소 안을 빠르게 훑어보았다. 숙소는 나무 계단으로 연결된 원룸의 복층 구조였다. 안전 난간 너머로 보이는 복층 안쪽이 꽤 깊어 보였다.

"수하야, 설명 좀 해 봐. 이게 다 무슨 일이야? 다들 불안해하잖아."

시현이 수하의 팔을 붙잡았다. 시현은 입술을 파르르 떨고 있었다. 어떻게 된 일인진 모르겠지만, 이 아이들이 단순히 장난을 치고 있는 게 아니라는 것만은 느낄 수 있었다. 수하는 답답해서 가슴이 터질 것만 같았다. 지금 이럴 때가 아닌데. 이렇게 한가하게 이야기나 나누고 있을 때가 아닌데.

"그러니까, 괴물이⋯⋯."

"곰이 있어요."

이서가 수하의 말허리를 잘랐다. 모두의 눈이 이서 쪽으로 쏠렸다. 낯선 일행을 쳐다보는 그들의 시선에는 호기심과 당혹감과 거부감이 마구 뒤섞여 있었다. 개중에는 소매를 걷은 왼팔의 흉터를 노골적으로 쳐다보는 아이들도 있었다. 이서는 버릇처럼 소매를 내리려다 마음을 바꿔 먹었다. 이서는 바로 그 손을 들어 올려 입술 위에 검지손가락을 세워 보였다. 그리고 최대한 목소리를 낮췄다. 거의 소곤거리다시피 하는 수준으로. 의도대로 사람들이 모두 몸을 낮추고 자신의 입을 쳐다보고 있는 게 느껴졌다. 엄마의 기술이었다. 가슴 한구석이 저릿해졌다.

괴물, 같은 말은 통하지 않는다. 곰이 낫다.

"밖에 커다란 곰이 돌아다니고 있어요. 저희 옆 숙소랑 관리실도 덮쳤었으니까 모두 조용히 해요. 제발, 제발 소리 지르지 말아요."

억눌린 비명 같은 게 새어 나왔지만 다행히 크게 소리를 지르는 사람은 없었다. 동요하는 사람들 속에서 수하는 멍하니 이서를 쳐다보았다.

쟨 뭐지. 이런 순간에 어떻게 저 정도로 침착할 수가 있지?

"정말이니, 수하야?"

시현이 불안하게 떨리는 목소리로 물었다.

"네. 전화 이제 돼요?"

시현이 폰을 눌러 보고는 절망적으로 중얼거렸다.

"안 돼."

이제 뭘 어떻게 해야 할지 시현은 앞이 까마득했다. 이 아이들의 말이 사실이라면 보통 일이 아니었던 것이다. 그리고 아무리 봐도, 온몸이 비에 쫄딱 젖은 채 와들와들 떠는 이 아이들은 거짓말을 할 여유가 없었다.

전화도 안 되어 어디 신고도 못 하고, 도움도 청하지 못하는 상태에서 밖에 곰이 돌아다닌다니. 그것도 사람 있는 곳을 침입해 들어오기까지 한다니.

시현은 덜덜 떨리는 손으로 겨우 주먹을 말아 쥐었다. 시현은 이 캠프의 인솔자였다. 이 아이들의 안전은 자신의 책임이었다. 시현은 눈으로 아이들의 수를 세었다. 다행히 모두 영화에 집중하고 있던 터라, 다들 이 방 안에 잘 모여 있었다. 한 명만 빼면.

"성광 오빠."

시현과 함께 이 캠프를 인솔한 한 살 위의 오빠. 장 볼 때 보란 듯이 여섯 개들이 캔 맥주 한 팩을 계산하는 걸 봤었다. 피곤하다며 일찍 옆방으로 넘어간 그는 아마 혼자서 그 맥주 캔을 뜯으며 빈둥거리고 있을 것이었다. 아이들이 자러 가면 멋쩍은 척하며 슬쩍 치우곤 어른이 되면 어쩌고 같은 헛소리나 지껄일 계획으로.

"내가 데려올게."

시현이 눈을 질끈 감았다가 뜨며 말했다.

얼른 움직이면 될 것이다. 아이들이 눈에 띄게 불안해하며 자신을 쳐다보고 있었다.

"금방 다녀올 테니까, 조용히……."

꽈르릉— 귀청을 찢는 기세로 천둥이 쳤다. 다들 자리에서 펄쩍 뛸 정도로 큰 소리였다. 이서가 벌벌 떨고 있는 동생을 더 꼭 끌어안으며 속삭였다. 괜찮아. 그냥 천둥소리야. 괜찮아.

"와, 날씨 끝내주네!"

목청껏 외치는 목소리.

모두의 심장이 철렁 내려앉았다. 시현만은 정확히 알아챘다. 혀가 잔뜩 꼬인 김성광의 주사였다.

"왜 아무도 안 와! 그 멍청한 영화 그만 보고 나와서 바깥 구경이나 하자, 응? 나와 봐! 우리 담력 시험 같은 거 하지 않을래?"

8. 악몽의 눈

시현이 새파랗게 질려서 문손잡이를 움켜잡았다. 어른들은 왜 저런 인간을 아이들 인솔자랍시고 딸려 보냈을까?

"다들 나만 쏙 빼놓고 뭘…… 응? 저게 뭐야?"

이서와 이지, 수하는 머리끝이 곤두서는 것 같았다.

"저거…… 저거 멧돼진가? 어? 곰……인가? 얘들아! 좀 나와 봐. 저기 뭐 있다!"

느물거리던 성광의 말투가 점점 변하기 시작했다. "저거 뭐지? 나와 봐."에서 "어어?"까지 갔다가, 그는 그제야 사태 파악이 됐는지 이쪽 숙소로 달려오는 모양이었다. 성광이 문을 부술 듯이 두드리며 악을 썼다.

"야, 문! 문 열어! 문 열어, 당장! 박시현!"

시현은 이를 악물고 문을 열었다. 얼굴이 시뻘겋게 변한 성광이 구르듯이 들이닥쳤다. 이서는 그의 몸에서 훅 피어오르는 알코올 냄새에 어깨를 흠칫 떨었다. 문 바로 앞에서 한 번 넘어진 성광이 욕설을 내지르곤 절뚝이며 숙소 제일 안쪽까지 기어갔다. 그리고 바깥을 손가락질하며 외쳤다.

"봤어? 젠장, 밖에 고, 곰이야!"

"조용히 해, 오빠!"

간신히 억눌러 놓았던 분위기였다. 성광의 공포가 무서운 속도로 숙소 전체에 번졌다.

"언니."

이서는 이지의 어깨에 두 팔을 단단히 둘렀다. 이 떨림은 자신의 것이 아니었다. 이지가 떠는 것일 뿐이다. 그래야 했다. 이지가 언니의 팔에 손을 올리고 울음을 삼켰다.

"괜찮아. 괜찮을 거야……."

스스로에게도 계속 되뇌었다. 주문처럼. 언젠가 이후로 늘 그래 온 것처럼.

번쩍, 하고 내려치는 번개. 커튼에 거대한 검은 그림자가 비쳤다. 어느새 그 짐승이 창 바로 앞까지 다가와 있었던 것이다.

아아, 이건 안 되겠다고, 이서는 생각했다. 분명했다. 저 것은 의지를 가지고 사람들을 찾아다니고 있다. 눈에 보일 듯 선명한 집착이다. 이서의 삶에는 그런 집요함에 맞설 의 지가 없었다. 모든 게 피로하고 무의미하게 느껴지는 하루 하루, 오늘도 이제 그만 지긋지긋하게 느껴지는 이때, 아마 이쯤에서 포기하고 저 맹수 앞으로 나섰을지도 모를 일이 다. 됐어. 내가 졌어. 그만하자.

혼자였다면.

감각이 둔한 흉터 위로 따끔한 통증이 퍼졌다. 잔뜩 힘이 들어간 이지의 손톱이었다. 이서는 고개를 거칠게 한 번 내 젓고 눈을 부릅떴다.

이지가 있다. 이지는 안 된다.

누군가가 길게 비명을 내질렀다. 그것이 신호라도 된 것 처럼 유리창이 와장창 깨졌다. 시커먼 머리가 불쑥 밀어 들 어왔다. 코를 크게 벌름거린 그것이 커튼을 헤치려 머리를 격렬하게 휘저었다.

또다시 지옥도였다. 너도나도 소리를 지르며 피할 곳을 찾았다. 결국 모두가 몰려든 곳은 복층으로 향하는 계단이 었다. 열한 명이었다. 질서 있게 계단을 오를 여유는 누구에 게도 없었다. 몸 빠른 아이들이 제일 먼저 계단 위로 뛰어

올라갔고 수하가 시현의 팔을 잡아끌고 계단 위로 밀어 올렸다. 이지를 안은 이서는 처질 수밖에 없었다. 발목을 접질린 성광이 마지막이었다.

유리 조각이 후두둑 떨어지는 소리가 들렸다. 보지 않아도, 그것이 숙소 안으로 완전히 들어온 게 분명했다. 아직 계단은 반절밖에 올라가지 못했다. 이서의 입에서 신음 소리가 흘러나올 찰나에 수하가 계단을 뛰어 내려왔다. 긴 팔을 뻗어 이서의 목깃을 움켜쥔 수하가 둘을 억세게 끌어당겼다.

이제 두 단.

다 왔다고 생각했다.

"비켜, 좀!"

품 안에서 이지가 쑥 빠져나갔다.

"뭐……!"

성광이었다. 갈퀴처럼 구부린 성광의 손끝에 이지의 윗옷 자락이 걸려 있었다. 두 손 두 발로 기다시피 계단을 오르던 그는 마구잡이로 손에 잡힌 것들을 잡아당겼다. 여섯 살 아이의 작은 몸이 쑥 꺼지고, 그 반동으로 스물한 살 청년의 몸이 대신 위로 솟구쳤다. 희열에 찬 얼굴이 이서를 지나쳐 어깨 너머로 사라졌다.

안 돼!

이서가 허우적거리며 다시 이지를 붙잡았다. 다행히 계단 아래로 굴러떨어지진 않았다. 하지만 동생의 손을 잡고 고개를 든 순간 눈앞에 가득 차 있는 건,

흰자가 길게 찢어진 눈.

짐승의 긴 발톱에 이지의 바지 자락이 꿰여 있었다. 이지가 허공에 발을 차며 비명을 지르기 시작했다. 이서는 동생의 손을 잡고 끌어올렸다. 놓치면 끝이었다. 절대로 안 돼!

짐승이 입을 쩍 벌리더니 머리를 들이밀었다.

누런 이빨과 새빨간 혓바닥, 속을 뒤집어 놓는 악취가 피어오르는 그 검붉은 동굴이 시야를 가득 메웠다.

"숙여!"

이서가 반사적으로 고개를 낮췄다. 머리 위로 쌩하고 지나간 뭔가가 맹수의 콧잔등을 후려갈겼다. 뭘 그렇게 집어넣었는지 지퍼가 찢어질 지경인 시현의 등산 배낭이었다. 짐승이 한 번도 들어 본 적 없는 소리로 울부짖으며 고개를 휘저었다.

수하는 더 던질 게 없나 주변을 두리번거렸다. 그런 그의 눈에 이서가 한 팔로 난간 옆 바닥을 더듬는 게 보였다. 이서가 집어 든 건 기다란 장우산이었다. 역시 시현이 챙겨 온

것으로, 숙소에 비치된 우산이 따로 있는 바람에 단정히 정리된 그대로 짐과 함께 위층에 보관 중이었던 것이다. 금속 재질로 된 우산대의 끝은 길고 뾰족했다.

이서가 그 끝을 짐승의 얼굴에 냅다 찔러 넣었다.

온몸의 털이 곤두서는 것 같은 비명이 터져 나왔다. 배 속의 내장이 몽땅 부르르 떨리는 것 같은 울림이었다. 그것이 얼굴을 가리며 몸을 번쩍 일으켰다. 옷자락이 찢어지며 이지가 이서 품에 안겼다. 이서는 동생을 들어 올려 복층 안쪽으로 밀었다. 바닥에 나동그라진 아이가 이해할 수 없다는 표정으로 언니를 올려다보았다. 엉금엉금 기어 나온 시현이 넋을 잃은 아이를 끌어안고 뒤로 물러났다.

몸을 일으킨 그것이 고개를 한껏 꺾어 이서를 노려보았다. 계단을 올라서지도 않았는데, 그것은 몸을 일으킨 것만으로도 복층 난간에 머리가 닿을 정도의 덩치였다. 짓무른 쪽 눈 아래가 길게 찢겨 피가 흐르고 있었다. 피를 본 짐승의 기세는 끔찍할 정도로 흉흉했다. 숨 쉬는 것조차 힘이 들 만큼.

모든 것이 악몽 같았다. 머리가 이것이 현실이라고 이해하기를 거부하고 있었다. 수하마저도 그 압도적인 공포 앞에서 더 이상 몸을 움직일 수가 없었다.

이서는 곧장 양손으로 우산을 단단히 고쳐 들었다. 핏줄이 불거질 만큼 있는 힘껏 거머쥔 우산은 짐승의 뱃가죽을 제대로 겨누었다. 그게 칼이라도 되는 것처럼. 한순간, 그럴 리가 없는데도, 수하는 정말로 그 우산 끝이 저 두꺼운 털가죽도 찢어 버릴 수 있을 것 같다는 착각이 들었다. 이서의 눈은 괴물의 두 눈을 똑바로 노려보고 있었다.

고통과 분노, 혼란함이 넘쳐흐르는 눈. 자신이 당한 일이 무엇인지 이해하지 못하고 있는 그런 눈.

이서가 사무치게 두려워하면서도 매일 밤 보는 그 눈이 떠올랐다. 아니 어쩌면, 각막을 태울 듯이 눈을 찔러 들어오던 그 전조등 빛과 닮은 것 같기도.

엄마, 나는…….

부서질 듯 악문 이 사이로 피 맛이 느껴졌다.

"언니! 언니야!"

이지가 엉엉 울며 자신을 부르고 있었다. 돌아볼 수 없었다. 괜찮다고 말해 줄 수 없었다. 움직이는 순간 이 괴물이 자신을 덮칠 것이 분명하니까.

비이성적인 분노가 울컥 치밀어 올랐다. 비켜, 이 짐승 새끼야. 너 때문에 동생이 겁먹었잖아. 이지가 울잖아. 그럼 안 된단 말이야!

그것이 주둥이를 길게 찢으며 이를 몽땅 드러냈다. 불규칙하게 맞물린 이 사이로 으르렁거리는 소리가 흘러나왔다. 무형의 파도라도 치는 것처럼, 그 울림이 숙소를 우르릉 떨리게 만들었다.

짐승의 고개가 갑자기 비스듬히 기울었다. 왼쪽으로, 다시 반대쪽으로. 이서는 그것의 시선이 자신의 눈에서 떨어졌다는 걸 깨달았다. 천천히 시선을 내려 그것이 뚫어지게 쳐다보고 있는 지점을 찾았다. 이서의 팔이었다. 정확하게는, 붉게 변해 일그러진 왼손의 화상 흉터였다. 짐승의 얼굴 반쪽과 몸 곳곳을 덮은 상처와 꼭 닮은.

별안간 그것이 귀를 뒤로 눕히더니 길게 빼문 혀 사이로 진득한 침과 헐떡이는 숨소리를 흘리기 시작했다. 컥컥대는 숨소리가 점점 더 거칠어진다. 저것은 카운트다운이다. 이서는 깨달았다. 무엇을 위한 카운트다운인지는 알 수 없어도, 저 짐승이 눈꼬리를 기이하게 휘며 이서를 뚫어져라 쳐다보고 있었다.

흘러내린 땀방울이 속눈썹에 걸렸다. 이서는 눈을 깜박이고 싶었다. 한 번만, 딱 한 번만. 그게 그렇게 간절했다.

그때였다. 쾅! 하고 뭔가가 폭발하는 소리가 터졌다. 긴장하고 있던 몸이 놀라서 튀어 오를 정도의 폭발음이었다. 짐승의 고개가 밖을 향해 휙 돌아갔다.

한 번 더 쾅! 아니, 탕! 간신히 제자리를 찾은 이서의 머리가 그 소리를 좀 더 선명하게 구분해 냈다. 총소리였다. 멀지 않다.

괴물은 그 큰 몸을 단번에 되돌리더니 창문에 발을 걸쳤다. 어찌나 큰 덩치인지 몇 번의 움직임만으로 순식간에 숙소 밖으로 몸을 빼냈다. 짐승은 아쉬운 듯 뒤를 돌아보았다. 그 눈길은 오직, 이서만을 향해 있었다. 기분 나쁜 눈빛이 끈적하게 달라붙었다. 지독한 미련이었다. 총소리가 한 번 더 울려 퍼지자 그것은 휙 하니 자리를 떴다. 저놈은 총이 무엇인지 알고 있는 게 분명했다. 깨진 창으로 거센 바람이 불어닥쳐 짐승의 빈자리를 채웠다. 역겨운 냄새가 여전히 섞여 있는 바람이다.

"신이서!"

"언니!"

수하와 이지가 이서를 향해 달려왔다. 부르는 소리가 아득했다. 손에서 우산이 툭 떨어져 내렸다.

이서는 무릎을 꿇고 그대로 정신을 잃었다.

9. 마법과 저주

"이서야. 우리, 더 행복해지자."

칠 년 전 엄마는 이서의 양어깨를 붙잡고 말했다. 엄마와
단둘이 지금도 행복한데, 이보다 더 행복해지자니 그런 게
가능한 걸까. 이해할 수 없었다. 다만 그 엄마의 한 마디가
'마법의 주문'이라는 것만은 분명히 알 수 있었다. 처음 보
는 아저씨와 함께 놀이공원도 다녀오고 생전 처음 와 보는
어두운 식당에서 맛있는 음식도 맛본 날 밤이었다. 엄마는
마법사니까, 횡단보도 신호등 불빛도 엄마의 한마디에 바
뀌고, 결혼하지 않아도 예쁜 딸이 갖고 싶다는 주문에 이서

가 태어났으니까. 엄마가 간절히 원하는 것이라면 그 말대로 이루어질 것이다.

"응, 엄마! 우리 더 행복해지자!"

그날의 악몽은 항상 이 기억에서부터 시작된다. 이서는 눈을 질끈 감았다. 감아도 보였다. 이 꿈은 언제나 이렇게 지독하다.

어디선가 차에 시동이 걸리는 소리가 들려온다. 부르르릉─ 팔뚝에 소름이 오싹 끼쳐 온다. 발은 바닥에 못 박혀 한 걸음도 뗄 수가 없는데.

눈앞에 새로운 장면들이 펼쳐진다. 예식장의 새하얀 카펫을 씩씩하게 걸어오던 엄마의 모습, 오히려 수줍은 듯 엄마의 손을 마주 잡던 아저씨, 아니 아빠의 모습. 생전 처음 불러보는 아빠라는 호칭이 낯설었다. 착한 사람이었다. 이서는 그를 볼 때마다 우습게도 동물원에서 본 암사슴을 떠올렸다. 가늘고 긴 몸에 커다란 눈망울이 똑 닮았다. 그에겐 뿔이 없었다. 아빠는 겁먹은 사슴처럼 조심스럽게 이서에게 다가왔다.

아빠는 늘 퇴근길에 이서가 좋아하는 요구르트를 줄 단

위로 사 들고 왔고 엄마는 유통 기한이 임박한 요구르트를 꾸역꾸역 마셔 치우며 투덜거렸다.

드디어 생긴 자신만의 방, 자신만의 침대에서 잠들며 이 것이 완벽한 행복의 모습인가 보다 생각하던 나날들이었다.

그렇게 한 해가 지나, 동생이 태어났다.

열한 살 차이의 동생이었다. 안아 들기도 무서울 정도로 작고 연약한 아기를 멍하니 들여다보고 있을 때, 엄마가 이 서의 머리를 쓰다듬으며 말했다.

"사이좋은 자매로 자랐으면 좋겠다. 정말로."

또다시 어디선가 들려온 요란한 자동차 배기음이 엄마의 목소리를 덮어 버렸다. 하지만 이서의 기억에 또렷이 남은 그 말은, 입술 모양만으로도 읽을 수 있다.

눈앞에서, 지금보다 키가 작은 이서가 "나이 차 너무 나 잖아. 되겠어?"라며 투덜거리고 있다. 태연한 척하지만 저 때의 이서는 친구들이 동생이라니, 이제 네 세상도 끝장이 라고 놀리는 걸 웃어넘기고 돌아온 날 처음으로 밤을 새우 고 만다.

동생의 이름은 '이지.' 쉽게 쉽게 가자는 엄마의 우스갯 소리를 비웃듯이 아기는 절대 만만한 상대가 아니었다. 안 방에서 밤새도록 새어 나오는 아기 울음소리를 들으며 이서는 매일 밤 뒤척였다. 안방에서 숨죽인 웃음소리가 흘러나왔다.

그러던 중에 **균열**을 느낀 하룻밤이 있었다.

"애 코가 당신 닮아서 큰일이야."

저녁 식사 자리에서 대수롭지 않게 흘린 엄마의 한 마디.

"그러게. 그래도 눈이 당신 닮아 다행이지."

아빠가 언제나처럼 유순하게 받아쳤다. 별 의미 없는 대화였다. 누구도 그들을 탓할 수 없을 것이다. 그저 자신이 예민했을 뿐이라고 생각한다.

하지만 그럴 수밖에.

불 꺼진 방에 홀로 누운 채로 저 옆방에 나란히 누워 머리를 맞댄 세 사람의 다정한 속삭임을 훔쳐 듣다 보면, 가만히 숨 쉬는 순간마저도 가끔 절벽 끝에 선 것 같은 열두 살의 어느 밤엔 그런 생각도 들 수밖에.

진짜 가족이구나. 저 셋은.

저주처럼, 신이서는 그렇게 자기 가슴을 스스로 쩍 갈라 놓았던 것이다.

하지만 갈라진 마음만으로 이야기는 끝나지 않는다.

악몽은 뒤죽박죽이다. 한순간 눈앞의 풍경이 걷혀 나갔

다. 이서는 자기가 아스팔트 도로 한복판에서 중앙선을 밟고 있다는 걸 깨달았다. 밤인 듯 사방이 어두운데도 눈앞이 묘하게 밝다. 개조한 머플러에서 터져 나오는 굉음이 조금 더 가까워진 느낌이다.

아직이야.

이서는 쓴웃음을 지으며 다시 기억 속으로 가라앉았다.

그때 이서는 어쩌면 겁을 먹었던 것인지도 모른다. 언젠가는 이렇게 방이 나뉘어 있는 것처럼 그들 사이에도 벽이 세워질지 모른다는 그런 공포가 손 쓸 틈도 없이 풍선처럼 부풀어 올랐다.

혼자는 싫었다. 자신도 이 가족 안에서 뭔가 역할을 해야 한다고, 그렇게 생각했다. 점점 더 벌어지려는 상처를 봉합한 건 다른 누구도 아닌 바로 그 동생이었다.

동생은 자지러지게 울고 있었다. 세상 모든 것이 무서워 견딜 수 없다는 기세였다. 엄마는 분유를 탄다며 주방에서 발을 구르고 있었고 손이 빈 건 이서뿐이었다. 이서는 어설픈 손길로 아기 가슴을 토닥였다.

"괜찮아. 괜찮아."

이지가 울음을 그쳤다. 방황하던 맑은 눈동자가 이서의

얼굴에 고정되더니, 입이 실룩이며 반달 모양으로 벌어졌다. 엄마 아빠를 향하던 것과 하나도 다르지 않은 환한 웃음. 아기는 머뭇거리며 멀어지는 이서의 손가락을 꼭 움켜쥐었다. 따스하고 촉촉한 온기가 온몸으로 번졌다.

이서는 그 순간 저주 같은 불안을 잊을 길을 찾았다. 이아이는 사랑할 수밖에 없었다. 사이 좋은 자매. 또다시 엄마의 마법대로 세상이 움직이는구나.

이서는 동생을 자신의 닻으로 삼기로 했다.

몇 년이 쏜살같이 흘러갔다. 이서는 자신보다 이지를 먼저 챙겼고, 이지는 그런 언니를 누구보다 더 따랐다. 그동안드디어 오래된 부담을 벗은 엄마는 날개라도 단 듯이 회사일에 온몸을 던졌다. 여러 어른들의 사정으로, 엄마와 아빠의 회사와 가까운 집으로 이사까지 하게 된 이서는 또 묵묵히 그 모든 변화를 소화해 내려고 했다. 지금까지 잘해 왔으니까. 하루하루가 관성으로 이어져 나갈 줄 알았다.

엄마가 일하던 작은 소품 가게는 어느새 어엿한 회사가되어 있었다. 엄마 품에서 나는 그 가게의 향수 냄새는 여전히 똑같은데, 어린 시절 둘만의 비밀의 방에서 마법을 보여주며 웃던 엄마와 자정이 넘어 파한 회식 자리에서 돌아온엄마는 아무래도 다른 사람 같았다.

"엄마가 이서한테 늘 미안해. 이서가 얼마나 힘든지 엄마가 왜 모르겠어? 고맙지. 매일매일 고맙지."

잔뜩 취한 엄마가 구두도 벗지 않은 그대로 이서를 껴안았다.

"뭐야. 씻고 잠이나 자."

투덜거리면서도 이서는 가방과 외투를 받아 주고 엄마를 화장실로 밀어 넣었다.

"요즘 학교는 어때? 잘하고 있지? 우리 이서는 뭐든지 잘하니까."

"글쎄. 그건 모를 일이지."

엄마는 듣지 못했다.

사실은, 잘하지 못하고 있었다. 전혀 잘 해내지 못하고 있었다. 매일 지독한 두통에 머리가 깨질 것 같았다. 뭐든지 잘하는 사람이 세상에 어디 있을까? 이서는 언제나 최선을 다하고 있었는데 다른 가족들에게는 그것이 이서의 평상시 모습인 것처럼 여겨지는 것 같았다. 답답했다. 답답하고 힘들고 때로는 화가 치밀었다. 이서는 지쳐 가고 있었다.

날카롭게 벼려진 마음은 갈 곳을 모른 채 이곳저곳을 헤맸다. 아빠가 먼저 이서의 이상을 눈치챘다.

"이서야, 요새 무슨 일 있니?"

"아뇨. 없어요."

이서는 단호하게 대답했다. 머뭇머뭇하던 아빠는 일단 그대로 물러났다. 그리고 엄마와 뭔가를 상의해 보려 했던 모양이다.

"사춘기 온 거 아냐?"

안방에서 새어 나오는 엄마의 목소리. 물을 마시러 거실로 나왔던 이서는 빈 잔을 그대로 쥐고 방으로 돌아갔다.

엄마는 명쾌한 사람이었다. 직선적이고 뒤끝이 없었고, 언제나 밝은 얼굴과 큰 목소리로 사람들을 대했다. 엄마가 서 있는 곳은 늘 환하게 밝혀져 있는 듯했다. 그 열정적인 양지 주변으로 사람들이 모였다. 이서는 엄마처럼은 할 수가 없었다. 아마 엄마도 이서를 이해할 수 없었을 것이다.

그리고 '그날'도, 그 끔찍한 날도, 그렇게 흘러가던 많은 날 중 어느 하루였다.

먼 줄 알았던 자동차 소리가 가까워졌다. 등 뒤에서 비추는 불빛에 그림자가 발밑으로 길게 늘어져 이리저리 휘청 댔다. 굉음이 다가오고 있었다.

*

"됐어. 잡았어!"

수하의 손이 이서의 후드 티 자락에 아슬아슬하게 걸렸다. 하마터면 계단 맨 아래까지 구를 뻔한 이서였다. 시현이 얼른 뛰어나와 수하를 도왔다. 둘은 의식을 잃은 이서를 조심스럽게 끌어올려 바닥에 눕혔다.

비와 땀에 젖은 얼굴이 더없이 창백했다. 수하는 마른침을 억지로 삼켰다. 힘없이 늘어져 있는데도 체중이 거의 느껴지지 않을 정도로 가벼운 몸이었다.

"언니!"

이지가 뛰어나와 언니 품에 매달렸다.

"언니! 언니야!"

"괜찮아. 언니 괜찮을 테니까……."

시현이 아이를 진정시키려 했지만 별 소용이 없었다. 이지는 겁먹은 고양이같이 날카로워져서는 목 놓아 울기 시작했다. 복층 위쪽 공간은 결코 넓지 않았다. 바닥에 눕힌 이서 주위로 몸을 붙이고 뭉쳐 있던 일행들이 불안한 눈빛을 교환했다.

"개 좀 조용히 시켜!"

성광이었다. 어느 틈에 제일 구석까지 기어가 몸을 숨긴

그는 아예 다른 아이들 틈에 묻혀 얼굴도 보이지 않았다.

"시끄럽잖아! 그 괴물이 듣고 돌아오면 어쩔 거야!"

위협적인 목소리에 겁먹은 이지가 더 큰 소리로 울기 시작했다. 성광이 욕설을 내뱉었다.

이 사람은, 도대체……! 수하가 입을 꾹 다문 채 성광을 찾아 몸을 일으켰다. 그 순간이었다.

"거기 누구 있소?"

밖에서 누군가 외쳤다. 모두의 눈이 깨진 창문 밖으로 획 돌아갔다.

"누구 있어요?"

"여기요!"

너도나도 외치며 난간에 매달렸다. 드디어 구조대가 온 모양이었다. 안도한 아이들은 한숨을 내쉬며 눈가를 닦기도 했다. 총으로 그 곰도 쫓아냈으니 사람들을 구할 차례일 것이다. 이제 집으로 돌아갈 일만 남은 것이다.

하지만 깨진 창문 너머로 몸을 드러낸 사람은 주황색 제복을 입고 있지 않았다.

그는 마른 몸 위에 주머니가 많이 달린 조끼를 걸친, 중년의 남자였다. 그 뒤를 따르는 사람도 아무도 없었다.

구조대가 아니야.

수하는 입을 꾹 다물고 그를 내려다보았다. 남자는 어깨에 걸린 장총을 과장되게 추어올리더니 사냥모를 벗고 젖은 머리를 쓸어 넘겼다. 주름진 검은 얼굴 위로 빗물인지 식은땀인지가 줄줄 흘러내렸다.

"여긴 다 살았네?"

남자는 묘하게 뒤틀린 입꼬리를 위로 끌어올리며 작게 중얼거렸다. 의미를 알 수 없는 표정이었다.

10. 그날

그날따라 이서는 몸이 무거웠다. 전날부터 몸이 으슬으슬하다 싶더니 지독한 몸살기가 온몸을 짓눌렀다. 금방이라도 토할 듯 어지러웠고 손발이 저려서 꼼짝도 못 할 정도였다. 이서는 동생을 하원시키자마자 자기 침대 속으로 파고 들어갔다. 그런 이서를 가만히 두고 볼 이지가 아니었다.

"언니, 놀자."

"언니, 이거 좀 오려 줘."

"나 배고파."

"언니 아파? 많이 아파?"

"언니, 내가 언니 고쳐 줄게."

병원놀이 장난감을 들고 덮치는 동생을 거실로 끌고 나와 TV를 켜 주었다. 오렌지주스 한 잔과 과자 한 봉지를 내주고선 쉰 목소리로 말했다.

"여기서 놀아. 오늘은 언니 부르지 마."

이서는 방문을 걸어 잠그고 기절하다시피 잠에 빠져들었다. 정신이 들었을 때는 이미 해가 져 사방이 캄캄해진 뒤였다. 방 밖에서 이지가 꺽꺽 소리 내어 울고 있었다.

"언니야…… 미안. 다신 안 그럴게……. 언니야."

동생의 목도 이서만큼이나 쉬어 있었다. 아까부터 계속 저러고 있었단 말이야? 이서는 찬물을 뒤집어쓴 기분으로 벌떡 일어났다. 그러나 이서가 방문을 여는 것보다 현관문이 열리는 게 더 빨랐다.

"어머나, 이지야! 너 왜 그러고 있어?"

동생이 엄마를 부르며 오열했다. 이서도 기운 없는 손을 들어 문을 열었다. 동생은 눈이 새빨갛게 부어서 퇴근해 온 엄마 품에 안겨 있었다. 불 꺼진 거실은 어두컴컴했다. 번쩍이는 TV 화면이 폭탄이라도 맞은 것 같은 실내를 겨우 밝히고 있었다. 주스는 엎질러져 거실 매트에 끈적하게 말라붙었고 과자 부스러기가 온 사방에 흩어졌다. 책이란 책, 장난감이란 장난감은 다 쏟아져 나와 거실은 발 디딜 틈이 없었다.

방 밖으로 나서는 이서의 발끝에도 뭔가 채었다. 병원놀이 장난감과 물컵, 삐뚤삐뚤 끼적여 놓은 그림들이 방문 바로 앞에 일렬로 늘어서 있었다.

엄마와 눈이 마주쳤다. 엄마는 어딘지 충격받은 얼굴로 이서를 바라보고 있었다. 이서는 목이 조여드는 느낌이었다.

여기서 나가야 해. 지금, 난 정말……

"학원 가야 돼."

엄마의 한쪽 눈썹이 위로 올라갔다. 그럴 만도 하다. 이 시간에 가는 학원은 없었으니까. 이서의 입에선 그다음 말이 술술 만들어져 나왔다.

"영어. 시험 전 보강 하고 싶은 사람은 오랬어. 갈 거야."

"너, 괜찮니?"

엄마가 조심스럽게 물었다. 눈에 뜨거운 눈물이 솟구쳤다. 이서는 얼른 고개를 돌렸다. 도망쳐야 했다. 지금 당장.

"뭐가? 아, 나 가야 돼. 늦었어."

"잠깐만, 이서야. 잠깐만 기다려 봐."

엄마가 휴대폰을 꺼내 들었다. 혹시 학원에 전화라도 걸어 보려는 것일까? 이서의 말이 사실인지 확인이라도 하려고? 거짓말인 게 밝혀지면, 그땐 뭐라고 해야 하지? 눈앞이 캄캄해졌다.

하지만 엄마가 전화를 건 상대는 아빠였다.

"응. 지금 당장 와요. 그렇게 할게."

전화를 끊은 엄마가 이지를 다독이면서 품에서 떼어 냈다. 그러곤 딱딱하게 굳어 있는 이서를 향해 조용히 말했다.

"엄마가 데려다줄게. 가자."

동생이 통통 부은 눈으로 이서를 올려다보고 있었다. 평소대로라면 당장 달려와 안겨서 투정을 부렸을 텐데, 충격을 받은 듯 언니의 눈치만 살피며 머뭇거리고 있었다.

이서는 그 눈빛을 더 견딜 수가 없었다. 말없이 방에 들어가 옷을 갈아입고 학원용 가방을 챙겨 나왔다. 엄마는 평소 친하게 지내던 앞집에 이지를 부탁했다.

"죄송해요. 아이 아빠가 금방 올 거예요."

"아유, 신경 쓰지 말아요. 들어오렴, 이지야."

엄마는 이서의 속도에 맞춰 주차장으로 향했다. 여전히 남아 있는 몸살기 때문에, 이 상황을 어떻게 해야 하나 하는 고민 때문에 이서의 발은 한 걸음 한 걸음이 땅속을 파고드는 것처럼 무거웠다.

엄마가 차에 시동을 걸고 히터를 틀었다.

"춥지?"

이서는 대답하지 않았다. 차는 천천히 주차장을 빠져나와 도로로 들어섰다. 차 안에서는 달콤한 향기가 났다. 엄마 품에서 항상 나던 그 냄새.

"우리 이서, 오늘은 학원 가지 말고 엄마랑 드라이브나 할까?"

그렇게 하면 학원 수업이 있다는 거짓말은 들키지 않을지 몰라도, 이 좁은 공간에 엄마랑 둘이 갇혀 있게 된다. 이서는 조용히 고개를 가로저었다.

"몸도 안 좋은 것 같은데 무리하지 마. 병원도 못 갔지? 시험이 뭐가 그렇게 중요해? 이렇게 아픈데 괜히 억지로 학원 같은 데 가지 말고, 지금 같이 약이라도 사러 가자. 응?"

"이제 중학생이니 공부에 집중하라고 했었잖아."

엄마는 당황한 듯 어깨를 으쓱했다.

"그래도 건강이 제일 중요하지. 아프면 공부고 뭐고 무슨 소용이니?"

이서는 못 들은 척 뒷좌석으로 고개를 돌렸다. 아까부터 신경 쓰였는데, 뒷좌석에 반쯤 시들어 가는 꽃다발이 놓여 있었다.

"저건 뭐야?"

"아! 꺼내는 걸 자꾸 잊어버리네. 많이 시들었니? 엄마 승

진했잖니. 축하한다고 팀원들이 선물해 준 거야. 예쁘지?"

"시들었어. 많이."

갈색으로 말려 들어가는 꽃잎을 보고 있으니 눈물이 솟아올랐다.

"이서…… 괜찮니?"

"아니."

아니. 안 괜찮아. 하나도 안 괜찮아.

"엄마, 아까 집에 와서, 목이 너무 아파서 냉장고 열어 봤거든. 요구르트가 하나도 없더라."

예전엔 모두 함께 마트 가면, 엄마든 아빠든 내 요구르트는 꼭 챙겨 줬었는데. 이제 중학생이 됐으니까 내가 먹고 싶은 건 내가 먼저 챙겼어야 했는데, 그치?

몸에 열이 올랐다. 숨에선 단내가 나고 머릿속이 뿌옇게 뒤엉켰다. 온갖 마음들이, 단어들이, 두개골 안쪽에서 이리 쿵저리 쿵 부딪히다가 튕겨 내려와 입 밖으로 쏟아져 나왔다.

"난 오렌지주스 싫어."

엄마가 한 손을 뻗어 이서의 이마를 만져 보려 했다. 이서는 반대편 차창으로 몸을 붙이며 그 손길을 피했다.

─이서야, 우리 더 행복해지자.

"엄마가 말한 우리는 어디까지였어?"

114

"이서야?"

"엄마, 우리 더 행복해지고 있는 것 맞아?"

엄마의 얼굴이 하얗게 질렸다. 흔들리는 시선이 정면과 이서를 오가며 불안하게 떨렸다. 이서는 눈물로 축축하게 젖은 뺨을 손등으로 거칠게 문질렀다.

"나는, 아닌 것 같아."

말에 마음을 담으면, 그 말대로 이루어지니까. 언제나 노력했다. 날카롭고 뾰족해진 마음은 입 밖으로 내지 않고, 단단하고 튼튼한 말을 갑옷처럼 둘렀다. 하지만 소용이 없었다. 엄마의 마법은 항상 이루어졌는데 이서의 마법은 항상 실패였다.

봐. 지금도 엄마의 마법은 이루어지고 있는 중이잖아. 엄마의 '우리'에 나 말고 다른 사람이 들어가 있는 게 문제일 뿐. 아니, 그것도 애초에 문제가 아니었다. 이서가 착각한 게 잘못일 뿐이다. 창백해진 엄마의 얼굴이 이서의 마음에 불을 놓았다.

"엄마는 진짜 행복해 보여. 이지도, 아빠도, 모두 행복해 보여. 정말 잘됐지 뭐야?"

"신이서! 그게 무슨 말이야?"

엄마가 결국 화를 냈다. 왜 나한테 화를 내? 왜 이제 와서 나한테 화를 내?

꾹꾹 잠가 뒀던 방이 있었다. 절대 열리지 말라고 빗장까지 따로 질러 두고, 근처로도 안 가도록 주의했던 방이다. 지금 그 빗장이 부서지고 있었다.

"맞잖아? 엄마는 결혼하고 나서 다 마음대로 잘됐지? 난 아니야! 난 그 전이 더 좋았어. 엄마 좋으려고 한 결혼이니까, 내가 열심히 맞춰 줬으니까! 가끔은 나도 좀 생각해 주면 안 돼?"

빗장이 튕겨 나갔다. 문이 활짝 열렸다. 이름도 붙이지 못하고 되는 대로 그 문 뒤에 숨겨 뒀던 마음들이 해일처럼 밀려 나왔다. 이서는 그 마음들을 단숨에 쓸어 모아 혀끝에 꾹꾹 눌러 담았다. 있는 힘껏. 더 이상 담아 낼 수 없을 만큼 있는 힘껏.

"다 싫어! 다 사라졌으면 좋겠어! 엄마도, 아빠도, 이지도 전부 다! 제발 모두 나 좀 혼자 쉴 수 있게 내버려 두라고, 제발!"

머릿속이 텅 비었다. 가슴속도. 이서는 입을 틀어막고 조수석 창문으로 고개를 홱 돌렸다.

상처 입은 엄마의 얼굴이 이미 망막에 새겨진 뒤였다. 이서는 필사적으로 가로수와 가로등에 집중했다.

이러려던 건 아니었다. 이 정도까지 말하려던 건 아니었다. 난, 그냥······.

"······이서야. 엄마는······."

여기까지다.

다시 눈을 뜬 도로 위의 이서는 돌아서서 정면을 향해 닥쳐오는 차를 마주 보았다. 보이지도 않는다. 그저 세상이 하얗기만 하다. 그때도 그랬지.

그래도 지금은 울 수가 있다.

무서운 가속을 느끼며 눈물을 흘리고 있는 이서가 그날의 이서와 겹쳐진다.

비명을 질렀던 것도 같다. 아니, 분명히 질렀다. 띄엄띄엄한 기억 속에서 이서는 항상 비명을 지르고 있었다.

그 아스팔트 바닥 위에서도, 응급실에서도, 엄마의 장례식장에서도, 그리고 일주일에 두어 번씩은 자신의 침대 위에서도 여전히.

엄마는 그렇게 떠났다.

*

만취한 음주 운전자였다. 엄마는 핸들을 오른쪽으로 꺾었다. 충격은 운전석을 휴지 조각처럼 구겨 놓고도 차체를 두 바퀴는 구르게 만들 정도였다.

이서는 안전벨트를 풀어 거꾸로 매달려 있던 자신을 떨어뜨리던 손길을, 자신의 등을 밀어 차 밖으로 내보내던 손길을 불분명하게 기억한다.

왼손에는 분명한 흉터가 남았다. 손등에서 손목으로 이어지는 화상 자국이었다. 이서는 그것이, 차를 빠져나가려는 자신의 손목을 뭔가가 붙잡고 늘어졌던 흔적처럼 느껴졌다. 악몽이 하루도 빠짐없이 찾아왔다. 이서는 한동안 자기 왼손을 쳐다보지도 못했다.

상대방은 너무 멀쩡했다. 차 밖으로 기어 나오는 이서를 끌어내던 사람들 중엔 그도 섞여 있었다. 지독히 고통스럽고 혼란한 기억 위에 그의 입에서 풍겨 나오던 코를 찌르는 알코올 냄새가 끈적하게 달라붙어 있었다.

아빠는 응급실 바닥에 주저앉았고 이지는 그냥 울었다. 둘은 그날 차 안에서 무슨 일이 있었는지 아무것도 알지 못했다. 아빠는 무사해서 다행이라고 이서를 끌어안고 울었다.

이서는 아무 말도 할 수 없었다. 정말로, 아무 말도 할 수가 없었다.

무의식적인 공포가 이서의 혀끝을 짓눌렀다. 모든 것이 '그 말' 때문인 것처럼 느껴졌다. 평생 이루어지지 않던 이서의 마법이, 그날 그 마음을 타고 이루어져 버린 것만 같았다.

이서는 한 달 동안 한 마디도 입 밖으로 낼 수 없었다. 학교는 쉬었다. 아빠는 화상 치료 외에 상담 치료도 권하며 귀찮을 정도로 여러 병원으로 이서를 끌고 다녔다. 이서는 병원에 갈 때, 식사를 할 때 빼고는 거의 방에서 나오지 않았다.

나 때문이야. 아니야. 음주 운전이었잖아. 술 때문이야. 하지만 내가 억지를 부리지 않았으면 그 시간에 밖에 나갈 일도 없었어. 아니야. 그건 사고였다고. 그 사람이 술 마시고 중앙선만 침범하지 않았으면……. 아니지, 그때 네가 그런 말만 하지 않았어도 엄마는 충분히 피할 수 있었을걸?

눈을 감으면 갑자기 온몸이 휙 뒤집히는 것 같거나, 손이 뜨거워지거나, 역겨운 술 냄새가 훅 풍겨 왔다. 마지막은 늘 같았다. 엄마가 상처받은 얼굴로 이서를 쳐다보고 있었다. 혀가 돌덩이라도 된 것처럼 굳어져 아무 말도 할 수 없었다.

이지는 그사이에 어떻게 지냈던 것일까. 사실 기억이 나질 않는다. 그저 문이 잠긴 언니 방 앞에 언니를 고쳐 주겠다며 병원놀이 장난감, 몸이 아플 땐 물을 많이 마셔야 한다고 배워 그대로 차려 놓은 물 한 잔, 그리고 편지를 대신해 열심히 끼적인 드레스를 입고 웃고 있는 건강해진 언니의 그림을 늘어놓았던 그때처럼, 그렇게 지냈던 것 같다. 아빠가 이지의 편지들을 정리했다.

그날도 이서는 모두가 집을 비운 늦은 오후에 겨우 일어나 방 밖으로 나왔다. 멍하니 소파에 앉아 켜지지도 않은 TV 쪽을 바라보다 보니, 눈에 걸리는 것이 있었다.

언니 먹어.

거실 탁자 위 삐뚤삐뚤하게 적힌 종이 한 장. 그 곁에는 어린이용 비타민과 캐러멜 세 개가 가지런히 놓여 있었다. 아빠한테 가르쳐 달라고 해서 그 글씨만 그대로 따라 그려 놓은 모양이었다.

이서는 잔뜩 구겨진 캐러멜 봉투 겉면을 만져 보았다. 어찌나 만지작거렸는지, 내용물은 반쯤 녹았다 굳은 모양새였다. 간식을 양보할 성격인 이지가 아니었다. 당장 먹고 싶은 마음을 꾹 참고, 언니에게 주고 싶어서 어린이집에서부터 들고 왔을 동생의 마음이 그 안에 있었다.

이서는 비타민과 캐러멜을 한입에 털어 넣고 몸을 일으켰다. 입이 달았다. 냉장고 문을 여니 요구르트 한 줄이 가지런히 놓여 있었다.

몸이 풍선이 된 것 같았다. 가슴 속이 뭔가로 꽉 들어차서, 이대로 있다간 그대로 펑 터져 버릴 것만 같았다.

이서는 냅다 문을 열고 나왔다. 찬 겨울바람이 콧속을 훅 찔러 들어왔다. 어느새 이렇게 추워져 버린 것일까. 걸치고 나온 점퍼는 바람을 막기엔 턱없이 얇았지만 이서는 그대로 문밖으로 한 발을 내디뎠다. 다음 발이 조급하게 뒤따라 나왔다. 그다음도. 그다음도.

이서는 달리기 시작했다.

아파트 단지를 한 바퀴 돌았다. 함께 장을 보러 가던 대형 마트까지 네 블록에 걸친 길을 크게 한 바퀴 또 돌았다. 턱없이 모자랐다. 내친김에 한 번도 가 본 적 없는 동네 뒷산까지 한달음에 달려 올라가 보았다.

숨이 턱에 닿았다. 심장 소리가 고막까지 쿵쾅대며 울렸다. 머리가 찡하게 흔들릴 정도였다. 결국 꼭대기까지 올라가서는 무릎을 짚고 빈속을 게워 내고 말았다.

"아이고, 학생. 괜찮아?"

등산복 차림의 할아버지가 작은 생수병 하나를 쥐여 주고 갔다. 이가 시릴 정도로 차가워진 물로 입 안을 헹궈 내고서, 이서는 비틀거리며 허리를 폈다.

땀으로 이마에 달라붙은 앞머리를 산바람이 슬그머니 떼
주었다. 눈 밑으로 펼쳐진 세상은 여전히 분주히 자기들끼
리 굴러가고 있었다. 아무것도 달라진 것 없이.

이서는 터덜터덜 산에서 내려왔다. 땀이 식으니 온몸이
떨려 왔다. 하지만 이서의 발걸음이 향한 곳은 집 쪽이 아니
었다.

"어?"

낯익은 목소리의 감탄사.

"어어?"

아빠의 손을 잡고 어린이집을 나서던 이지가 제자리에서
팔짝 뛰었다.

"언니다! 아빠, 언니야! 언니이이!

아빠도 환하게 갠 얼굴로 손을 흔들었다. 이서는 목이 메
었다. 천천히, 이서도 손을 들어 가볍게 흔들었다.

동생이 달려와 품에 폭 안겨 왔다. 엄마와 꼭 닮은 달콤하
고 포근한 냄새가 났다. 말로 설명할 수 없는 감정들이 북받
쳐 올라 눈시울이 뜨거워졌다. 주저앉은 이서는 동생의 어
깨에 고개를 파묻었다.

앞으로 어떻게 해야 하는지, 어떻게 살아나가야 하는지,
무엇을 위해 살아야 하는지 이서는 그 순간 아무것도 알 수

없었다. 그래도 단 하나만큼은 확실했다.

이서는 이들 없이는 살 수 없다.

"언니 이제 괜찮아?"

엄마가 그렇게 된 건 다 이서 때문이지만.

"언니?"

그 이야기는, 죽을 때까지 말하지 못할 것이다. 죽어도, 죽어서도 숨겨야 할 거야. 그 대신에…… 잘할게. 내가 정말 잘할게. 엄마. 내가 정말 잘할 거야. 이젠, 어리광 같은 것 안 부릴 테니까…….

별안간 사방이 어두워지더니 품 안에서 이지가 쑥 빠져 나갔다.

"어……?"

허공을 껴안은 이서가 황망한 얼굴로 고개를 들었다. 웬 낯선 남자 하나가 이서 곁을 스쳐 계단을 뛰어올랐다.

여긴 어디야? 이지는? 내 동생은?

"언니! 언니야! 일어나!"

이지야? 울어?

어디선가 끔찍한 비린내가 풍겨 왔다. 이서는 허둥지둥 사방을 두리번거렸다. 주위는 온통 암흑이다. 그 시커먼 어둠 속에서, 그만큼이나 시커먼 뭔가가 느릿하게 움직였다. 철벅, 젖은 발소리를 내며. 마치 웃음소리 같은, 소름 끼치는 숨소리를 내며.

정신이 번쩍 들었다.

"언니야! 언니야, 일어나! 일어나아아!"

어수선한 웅성거림만이 사방에 가득한데 마치 물 위에 뜨기라도 한 듯이 의지와는 상관없이 몸이 뒤흔들렸다.

이서는 허우적거리며 팔을 뻗었다. 아무리 보이지 않아도, 그 어디에 있더라도 이 익숙한 냄새를 놓칠 리 없었다. 팔에 걸린 것을 와락 끌어당겨 품에 안았다. 달콤하고 고소한 향기가 나는 그 정수리에 코를 묻고, 이서는 크게 숨을 들이마셨다.

괜찮아. 넌 괜찮아.

번쩍— 새하얀 빛이 눈앞을 환히 밝혔다. 이서는 두 눈을 크게 떴다. 번개의 잔광이 자신을 빙 둘러 내려다보고 있는 낯선 얼굴들을 비추고 있었다.

"눈 떴어!"

"괜찮아? 다친 데 없어? 숨 쉴 수 있어? 응?"

숨, 쉴 수 없었다. 온몸이 경련하듯 떨려 숨을 제대로 들이마실 수가 없었다. 낯선 천장, 낯선 얼굴들. 너무 추웠다.

옷이 물에 빠지기라도 했던 것처럼 푹 젖어 있었다.

"이, 이지야."

"응. 언니. 응!"

"괜…… 괜찮아?"

품에 안긴 이지가 언니를 더 꽉 끌어안았다.

"응."

조각난 기억들이 가까스로 제자리를 찾아 모였다. 이서는 자기가 정말로 살아남았다는 것부터 확인해야 했다. 뒤늦은 쇼크에 몸이 계속 떨려 왔다. 동생은 그런 언니를 단단히 붙들고 있었다. 아직 웅웅 울리는 귀가 신경에 거슬리는 소리를 잡아냈다. 삐걱삐걱, 누군가 계단을 올라오고 있었다. 오싹 소름이 끼쳐 왔지만 이서는 가까스로 정신을 다잡았다. 아무도 비명을 지르지 않고 있는 걸 보니 사람인 모양이다.

이서를 걱정스럽게 내려다보고 있던 얼굴들이 하나하나 뒤로 물러났다. 그러더니 처음 보는 얼굴 하나가 불쑥 가까이 다가들었다. 사냥 모자를 눌러쓴 중년의 남자였다.

검붉게 달아오른 얼굴이 비죽하니 웃었다.

"어이. 학생, 괜찮나?"

비릿한 술 냄새가 물씬 피어올랐다. 이서의 얼굴이 일그러졌다. 천둥소리가 하늘을 찢어 놓을 듯한 기세로 울려 퍼졌다.

그들은 아직 폭풍 가운데 있었다.

11. 각자의 속셈

언젠간 완전히 도려낼 수 있을까. 잊으려 할 때마다 되돌아오는 이 끔찍한 기억들을. 오늘 새로 덧붙기 시작한 악몽까지 떠오르자 가슴이 턱 막혀 왔다. 하지만 지금의 현실은 악몽보다 나을 게 없었다.

이서는 수하의 부축을 받으며 겨우 몸을 일으켰다. 온몸이 쑤셨지만 버틸 만은 했다. 꽤 오래 기절한 줄 알았는데 생각보다 잠깐이었던 모양이다. 그나마 다행이었다.

눈가가 축축했다. 이서는 슬그머니 소맷자락으로 눈을 훔쳤다.

"정말 괜찮아?"

"응."

수하가 창백한 얼굴로 고개를 끄덕였다.

"다행이다. 진짜로, 다행이야."

갑자기 눈앞이 환하게 밝아졌다. 아래로 내려간 사냥모의 남자가 숙소의 불을 켠 것이었다. 그는 진흙이 묻은 등산화를 그대로 신은 채 방 안을 이리저리 돌아다녔다. 어깨에 멘 사냥용 장총이 제멋대로 덜렁거렸다.

이서는 아래층을 내려다보았다. 밝은 조명 아래에서 짐승이 휩쓸고 간 흔적이 고스란히 드러났다. 창문 유리는 완전히 박살 나 안으로 들이치는 바람에 커튼이 기괴한 모양으로 부풀어 흔들렸다. 급히 도망치느라 발로 차 엎은 음료수와 과자 봉투가 사방에 널브러졌고, 나뭇결무늬의 바닥 장판은 군데군데가 짐승의 발톱에 찢어져 들떠 있었다. 복층으로 향하는 목재 계단에는 톱이나 비슷한 공구로 긁어낸 것 같은 깊고 거친 상흔이 남아 있었다.

남자가 난간의 파인 부분을 쓸어 보더니 욕설을 중얼거렸다.

"저기, 정말 감사합니다. 선생님께서 안 오셨으면 큰일이 났을 거예요."

시현이 떨리는 목소리로 인사했다.

"응, 뭐. 다 학생들이구먼. 다친 사람 없지?"

"네. 덕분에요. 선생님께서는……."

시현이 조심스럽게 말끝을 흐리자 남자가 별안간 목소리를 키웠다.

"아, 나? 난 저기, 이 근처에서 농장 하는 사람인데, 선생님은 간지러우니까 그냥 박 사장이라고 불러. 아까부터 여기 수련원 쪽이 자꾸 시끄러워서 뭔가 싶어 와 봤지. 전화도 안 되니까 그냥, 뭐!"

농장. 떠오르는 바가 있었다. 이서와 수하의 눈이 마주쳤다. 둘은 똑같이 그 죽을 듯이, 죽일 듯이 내짖던 개들의 울음소리를 떠올렸다. 비명에 가깝던 그 울음소리들을.

"그럼 난 이만 가 볼 테니까, 하여간에 조심들 해."

"잠깐만요!"

그때까지도 제일 뒤에 물러나 있던 성광이었다. 서로 손을 꼭 붙들고 있던 여학생 둘 사이를 거칠게 가르며, 성광이 앞으로 튀어나왔다. 아직도 다리를 절뚝거리고 있었다. 이서는 눈에 불꽃이 튀는 것만 같았다.

"이, 이대로 아저씨가 가 버리면 우린 어떡해요? 여긴 안전한 거 맞아요?"

박 사장이 인상을 찌푸렸다.

"그걸 왜 나한테 물어?"

"그럼 누구한테 물어요? 그거! 그 괴물! 그런 게 돌아다니는데 우리끼리 뭘 어떻게 하냐고요! 그거 다시 안 돌아오는 거 맞아요? 이대로 있어도 되는 거예요?"

"난들 아나? 왜 날 붙잡고 그래? 나도 바쁜 사람이야!"

담배를 든 박 사장의 손이 가늘게 떨리고 있었다. 그도 이상할 정도로 초조한 기색이었다. 성광에게는 그따위 것은 아무 상관 없었다. 성광은 눈이 뒤집혔다. 그는 일이 조금만 제 뜻대로 돌아가지 않아도 평소의 가면을 유지하지 못하는 성격이었다.

"아니, 젠장! 뭐 이런 게 다 있어! 전부 다 고소할 거야! 어느 누구 하나 제대로 일하는 사람도 없고, 책임지겠다는 사람도 없고! 내가 여기서 나가기만 하면……!"

이서에게도 그따위 것은 아무 상관 없었다.

"시끄러워요."

나지막한 목소리. 여전히 높낮이가 없는 그 특유의 목소리는 말마디에 섞인 비난의 기색까지 헷갈리게 만들었다. 그냥, 비가 내린다, 같은 감상처럼 들리는 질책이었다. 그래서 성광의 대응도 늦었다.

"……뭐라고?"

"시끄럽다고요. 동생이 놀라잖아요. 그쪽 때문에, 또."

이를 갈며 이서를 노려보던 성광이 움찔했다. 그도 좀 전에 자기가 살겠다고 저질렀던 일이 기억에 없지는 않았던 것이다. 하지만 무엇보다도 그를 뚫어지게 바라보는 이서의 눈빛에는 등덜미가 서늘해지게 만드는 무엇이 있었다.

"그만해, 오빠."

시현이 성광을 가로막았다.

"박시현, 너는 또 왜……!"

"애들이 보고 있잖아. 그만해."

시현이 성광에게만 들릴 정도로 작게 속삭였다. 시현의 말대로였다. 그들이 인솔해 온 아이들이 모두 겁먹은 눈으로 성광을 쳐다보고 있었다. 뒤늦게 정신이 번쩍 들었다. 돌아간 후의 일도 생각해야 했다. 그에겐 평판이 무척 중요했다. 성광은 목소리를 가다듬었다.

"나는…… 아이들 안전을 생각해서 그런 거지."

박 사장이 바닥에 침을 탁 뱉었다.

"우리 지금 돌아가면 안 돼요?"

캠프의 막내인 지호였다. 캠프 내내 게임기만 들여다보고 있어 시현은 제대로 얼굴을 보기도 힘들었던 아이였다. 그 게임기는 지금 바닥에 아무렇게나 내팽개쳐져 있었다.

아이는 유령 같은 얼굴로 다시 한번 말했다.

"지금 그냥 집에 가요."

"맞아요."

"선생님, 우리 집에 갈래요!"

"나도! 나도!"

울음을 터뜨리기 시작하는 아이도 있었다. 시현이 진정시켜 보려 했지만 소용없었다. 사실 시현도 울고 싶긴 마찬가지였다. 한순간도 여기에 더 머물고 싶지 않았다. 하지만 도대체 어떻게 해야 여기서 도망칠 수 있단 말인가.

"차가 있었잖아요."

수하가 말했다. 분명히 그랬다. 시외버스를 타고 터미널에 내린 후, 수련원 측에서 보낸 승합차를 타고 이 안으로 들어왔었다. 옆구리에 고딕체로 하늘뫼 수련원이라고 적어 놓은 회색 스타렉스였다. 내일 체크아웃 후에도 터미널까지 데려다주기로 했었으니까 아직 주차장에 남아 있을 가능성이 컸다.

수하는 다른 것도 기억해 냈다.

"아까 다녀온 사무실 책상 위에 차 키 하나가 있었어요. 우리 타고 온 차가 맞을 거예요. 열쇠고리에 수련원 이름이 적혀 있었으니까."

새로운 장소에 갈 때마다 주변 지형지물과 물건들을 유심히 기억해 두는 것이 수하의 오랜 버릇이었다. '만일의 경우'가 생겼을 때 도움이 될 만한 것들을 빨리 확보해야 했으니까. 엄마도 수하도 이 버릇 덕을 여러 번 봤다.

이제는, 필요 없는 습관이라고 생각했는데…….

머리가 지끈 아파 와 수하는 관자놀이를 꾹 눌렀다. 그는 자신도 모르게 박 사장이 들고 있는 총을 곁눈질했다. 그러고 싶지 않은데도, 머릿속에 쓸데없는 장면들이, 쓸데없는 정보들이 떠올랐다.

어린 시절 살던 마을은 산을 끼고 있었다. 엄마는 계절 없이 밤낮없이 일을 하러 밖으로 나갔고 그 사람은 철만 되면 수하를 끌고 산으로 갔다. 그리고 그때까지도 가늘고 작았던 몸에 버거운 총을 억지로 쥐여 주며 사내대장부의 기본 소양을 가르치고 싶어 했다. 피 흘리는 꿩을 들고 내려와야 하는 건 늘 수하였다.

마침 총으로 등록해 놓은 총이네. 불법으로 엽탄을 장착했고. 사냥 경험은 있지만 전문가는 아니야. 그래도 총을 좋아해. 기회만 있으면 쏴 보고 싶어 하고.

그 사람처럼.

"맞아! 그러면 되겠다! 그 차라면 모두 태울 수 있을 거야."

모두 얼굴에 화색이 돌았다. 수하는 눈을 질끈 감고 머리를 털었다. 옛날 생각은 하지 말자. 일단은 여기서 나가는 데 집중해. 기뻐하는 사람들 속에서 묘한 표정을 하고 있는 두 사람이 눈에 들어왔다.

하나는 박 사장이었다. 그는 어째선지 얼굴이 붉으락푸르락 해져서는 담뱃불을 발로 짓이겨 끄고 있었다. 이 사람은 모든 게 의문이다. 나머지 한 사람은 신이서다. 이서는 눈을 커다랗게 뜬 채로 뭔가 말하려는 듯 입술을 뗐다 다물기를 반복하고 있었다.

시현이 입을 열었다.

"그런데…… 다른 사람들은 어쩌지?"

관리 사무소에 있던 형은 안타깝지만 이미 늦었고, 이서의 말대로라면 독채 펜션 쪽의 사람들도 마찬가지일 것이다. 관리 인력도 손님도 더는 없다고 했으니 남은 것은 여기 있는 사람들이 전부였다.

아니, 그렇지 않다.

이서가 입술을 꽉 깨물었다가 간신히 입을 열었다.

"우리 아빠. 찾아야 해."

품 안에서 동생이 파르르 떨었다. 이서는 생각했다. 아빠

134

는 약속을 꼭 지키는 사람이니까, 금방 돌아온다고 약속했으니까 돌아올 것이라고. 아니, 돌아오지 않고 있으니 이서가 찾아야겠다고. 어딘가 다치거나, 몸을 숨기고 있는 것일 수도 있었다. 그렇다면 천식이 있는 아빠에게는 흡입기가 당장 필요했다. 이서는 관리동에서 도망칠 때 챙긴 흡입기를 꽉 움켜쥐었다. 마음이 다급해졌다.

　—다 싫어! 다 사라졌으면 좋겠어! 엄마도, 아빠도, 이지도 전부 다! 제발 모두 나 좀 혼자 쉴 수 있게 내버려 두라고, 제발!

　벼락같은 목소리가 머릿속을 때렸다. 공포에 가까운 불안감이 이서의 목을 졸랐다.

　"그럼 넌 그렇게 하든가."

　성광이 혀를 차며 말했다.

　"우린 여기서 최대한 빨리 나갈 거야. 그렇지 않니, 애들아? 여기 남아 있는 건 너무 위험해. 우린 애들 안전이 최우선이야."

　"성광 오빠, 잠깐만……!"

　"아니! 우린 우리 애들부터 챙겨야지. 박시현, 정신 차려! 여기서 어영부영 시간 보내다가 그놈이 돌아오면 어떻게 할 건데!"

　그놈이 돌아온다. 그 한마디에 공포가 독처럼 번졌다. 아이들이 동요하는 걸 보며 시현도 혀가 굳었다. 수하가 말했다.

"일단은 함께 나가자. 지금 우리가 할 수 있는 게 없어. 나가서 곧장 신고부터 하고 사람들이랑 함께 돌아오자, 응?"

이서는 말없이 그런 수하의 얼굴을 가만히 들여다보았다. 또다시 표정이 하나도 없는 이서의 반응에 수하는 속이 뒤집혔다. 그래도 그 '오래된 버릇' 덕에 수하는 이서를 움직일 수 있는 말이 뭔지는 알 수 있었다.

"동생부터 생각해. 안전한 데로 보내야지."

이서의 눈가가 움찔하는 게 보였다. 역시 먹혀든 것일까? 이서가 동생의 손을 꼭 붙잡는 게 보였다.

"알았어."

시현이 눈에 눈물까지 글썽이며 이서의 반대 손을 잡아 끌었다.

"그래. 잘 생각했어! 정말 잘 생각한 거야! 우리 함께 내려가자."

그러기 위해서는 도움이 필요했다. 시현이 잠시 머뭇거리다 말했다.

"저, 저기 사장님. 저희 좀 도와주세요."

"응? 뭐?"

박 사장이 움찔하며 되물었다. 그는 아까부터 몇 걸음 멀리서 그들이 하는 모양을 심란한 얼굴로 힐끔거리고 있던 중이었다.

"바쁘신 줄은 아는데…… 저희 관리동이랑 주차장까지 내려갈 건데요, 저희 좀 데려다주시면 안 될까요? 부탁드려요."

"하! 아니, 나는……."

박 사장은 어이가 없다는 투였다. 성광이 또 뭐라 말을 하려는 것 같아 수하가 얼른 그 앞을 막아서고 입을 열었다.

"에이, 사장님. 저희가 사장님밖에 믿을 곳이 없잖아요!"

큰 키에 어울리지 않게 두 손을 가슴 앞에 공손히 모아 쥐고, 수하는 열렬히 외쳤다.

"농장에서 그냥 쉬실 수도 있었는데 이렇게 도와주러 오시고, 저희 목숨까지 구해 주셨잖아요! 생명의 은인이세요. 저희 여기서 나가면 꼭 사장님 이야기 사람들한테 많이 많이 할게요. 완전 영웅이라고. 저희 딱 한 번만! 주차장까지만 데려다주세요. 저 미친 곰탱이가 사장님만 무서워하잖아요. 네? 사장님 말고 누가 감히 저 괴물한테 맞설 수 있어요?"

능청스럽게 쏟아 내는 중에도 등에 식은땀이 줄줄 흘렀다. 쟤 저렇게 말이 많은 녀석이었냐고, 일행들이 어이없어

하는 게 느껴졌다. 수하는 개의치 않았다. 과연 박 사장은
찡그렸던 얼굴을 조금은 누그러뜨리고 있었다.

"그럼…… 딱 주차장까지만……."

그럴 줄 알았다. 이런 걸 좋아할 줄 알았어.

박 사장은 알아들을 수 없는 말로 투덜거리며 숙소 밖으
로 나서고 있었다. 그래도 예상보다는 미적지근한 반응이
다. 아무리 봐도 박 사장은 이들과 함께 행동하는 걸 내키지
않아 하고 있었다. 괴물이 두려워서라기엔 무언가 석연치
않은 부분이 있었다.

뭔가 꿍꿍이가 있다.

수하는 속이 차갑게 식는 것 같았다. 급하게 짐을 챙기는
일행들 사이에 공허하게 서 있는 신이서 자매도 계속 눈에
걸렸다.

"언니, 아빠는?"

"걱정 마."

저 녀석도 뭔가 꿍꿍이가 있어. 수하는 마른침을 삼켰다.

12. 멈춰야 하는 이유

밖은 미친 듯한 바람이 불어 대고 있었다. 빗줄기는 멎어 있었지만 나뭇잎에 고인 빗물들이 바람이 불 때마다 바닥으로 흩뿌려지며 냉기를 피워 올렸다. 스산하고 축축한 공기가 안개처럼 수련원 전체를 맴돌며 사람들의 목덜미를 훑었다.

일행들은 서로 바짝 달라붙어 움직였다. 포식자는 늘 무리에서 떨어지는 한 놈을 노리는 법이니까. 거의 달리는 것 같은 빠른 걸음으로 그들은 관리동 앞에 다다랐다. 선두가 덜컥 멈춰 서더니 누군가 짧게 비명을 지르다 입을 틀어막았다. 관리 직원의 훼손된 시신이 길을 가로막고 있었던 것이다. 시신의 상태는 처참했다. 지나가기는커녕, 다들 가까이 다가갈 엄두도 내지 못했다.

"뭐 하는 거야?"

박 사장이 역정을 내더니 갑자기 말투를 바꿨다.

"이봐들. 그냥 다시 돌아가지 그래. 어디 다른 장소 튼튼한 데 찾아서 문 잠그고 있는 게 더 낫지 않겠어? 내가 그 틈에 그놈 얼른 잡아 버릴 테니까, 응?"

은근히 다독이는 목소리였다. 그의 제안을 그럴싸하게 듣는 사람도 있었다. 눈앞의 광경은 너무 끔찍했고, 직접 눈으로 보고 나니 도무지 저걸 지나쳐 앞으로 나갈 엄두가 나지 않았던 탓이다.

이서는 달랐다. 벌써 그 괴물을 세 번이나 마주한 경험이 있었다.

"철문도 부수고 들어왔어요. 소용없어요."

이서는 동생을 품에 안아 들었다.

"눈 꼭 감아."

동생의 팔이 목을 조를 듯한 기세로 감겨 왔다. 이서는 조심스레 걸음을 옮겨 시신 곁으로 다가갔다. 아까 정신없이 도망칠 때는 이 시신을 생각조차 못 했었는데, 눈으로 보고서는 도저히 그 곁을 지나칠 수 없었다. 이서는 반쯤은 하늘을 보면서 앞으로 넘어가는 데 성공했다. 태연한 척하고 있지만 다리가 후들거렸다.

이서가 앞장서자 다른 사람들도 움직이기 시작했다. 더러는 눈을 질끈 감고, 더러는 울음에 가까운 신음을 흘리며 일행은 앞으로 나아갔다. 드디어 관리동 앞이었다. 수하가 나설 차례였다.

"차 키 가져올게요."

"조심히 다녀와. 기다릴게."

시현이 박 사장의 눈치를 보며 말했다. 수하는 이서 쪽을 한 번 돌아보았다. 비에 젖은 후드 티를 축 늘어뜨린 채, 소매 밖으로 겨우 삐져나온 손가락 끝으로 동생의 목 칼라를 반복적으로 당겨 펴고 있었다. 그 시선은 수하를 향해 있었다. 수하는 움찔했다. 이서는 곧 관심 없다는 듯 슥 눈길을 돌렸다.

수하는 딱딱하게 굳은 뒷덜미를 쓸며 달리기 시작했다. 뭐가 됐든, 지금은 차 키가 우선이었다. 불 꺼진 1층으로 들어가 계단을 올라갔다. 2층에 올라와 보니 저편 주차장까지 내려다보였다. 다행히 승합차는 그 자리에 제대로 세워져 있었다. 안도의 한숨을 내쉰 수하가 실내를 한 바퀴 둘러보았다. 사무실 안은 그들이 처음 도망쳤을 때보다 더 엉망진

창이 되어 있었다. 특히나 납작하게 찌그러진 맥주 캔과 산산이 부서진 유리병 들이 눈에 띄었다. 그런 건 중요하지 않았다. 책상이 완전히 뒤엎어진 게 더 문제였다.

"젠장."

책상 위에 있던 물건들이 사방에 흩어져 있었다. 수하는 무릎을 꿇고 엎드려 바닥을 더듬기 시작했다. 쓸모없는 잡동사니들만 손에 잡혔다. 차 키는 아무 데도 보이지 않았다. 심장이 쿵쾅대다 못해 목구멍으로 튀어나올 것 같았다.

내가 잘못 봤었나? 여기서 도망치고 싶은 마음에 없던 기억을 만들어 낸 건가?

"아니야. 내가 그랬을 리 없어."

그런 망상은 열 살 때 끝냈다고. 아무 도움도 되지 않았으니까.

수하는 두 눈을 질끈 감고 깊게 심호흡을 했다. 당황해서는 될 일도 되지 않는다. 허둥거리지 말고 딱 멈춰 서서 머리를 굴려야 한다. '그 사람'에게 그렇게 배웠다. 평생 잊지 못하게, 괴로운 방식으로. 그 사람은 자신이 아주 많은 깨달음을 얻은 사람이라고 생각했고 모두에게 그것을 가르쳐 주고 싶어 했다. 아무도 그의 말을 듣고 싶어 하지 않았으므로 늘 가족이 희생양이었다. 아직 그 집에서 함께 살고 있었

142

다면 또 다른 교훈을 또 다른 방식으로 강요당하고 있었을 것이다. 아니, 어쩌면 그 전에 이미…….

다시 눈을 뜨고 수북이 쌓인 서류며 상자들을 뒤적이기 시작했다. 침착하게. 침착하게.

"있다!"

역시 틀리지 않았다. 수하는 의자 바퀴 그림자에 가려져 있던 차 키를 들고 몸을 일으켰다. 흐트러진 안경을 추어올리고 다시 한번 확인해 보았다. 수련원 이름이 적힌 열쇠고리가 기억하고 있는 그대로였다. 이제 이대로 차까지 가서 이곳을 벗어나면 모든 문제는 해결이었다.

그래. 남수하의 문제는 그것으로 끝난다.

수하는 열쇠를 꽉 움켜쥔 채 창밖을 내려다보았다. 함께 온 캠프 일행들 모두가 자기가 있는 2층 쪽을 쳐다보고 있었다. 갑자기 온몸의 피가 발바닥으로 훅 내려앉는 느낌이 들더니 현기증이 일었다. 심장이 제멋대로 뛰며 식은땀이 솟았다. 한동안 잠잠했던 '증상'이 하필 이럴 때 도지다니 가슴이 철렁했다.

축구는, 그만둘 수밖에 없었다. 떨어지기 시작한 시력도 문제였지만 그게 다가 아니었다. 수하는 사람들의 주목을 견딜 수가 없었다. 모든 눈빛이 질책 같았고 모든 목소리가 위협 같았다. 이래서는 필드에 설 수가 없다. 감독도 코치도 모두 붙잡았지만 수하부터가 자신이 없었다. 증상의 시작은 분명히 기억한다. 바로 그날부터였다.

그 사람의 전화가 걸려 온 날.

칠 년이나 잊고 지내던 목소리가 엄마 폰을 타고 다시 깨어난 날.

그날, 또 노름판에 박힌 그 사람의 눈을 피해 엄마와 가방 하나씩만 겨우 짊어지고 무작정 시외버스 터미널로 달려갔었던 이후로 한 번도 본 적 없던 그 얼굴이 순식간에 되살아났다. 엄마는 더 듣지 않고 전화를 끊었고 다시 한번 집을 옮겼다. 전화는 더는 걸려 오지 않았고 집 밖을 서성이는 그림자도 없었지만 수하의 마음은 다시 그 시절에 갇히고 말았다.

불안하게 떨리던 수하의 눈빛이 어느 한 지점에서 덜컥 멈췄다. 단둘. 자신들의 목숨 줄을 쥔 수하에게는 아무런 관심도 두지 않고 오직 서로에게만 집중하고 있는 자매의 모습이 눈에 들어왔다. 찬물을 뒤집어쓰기라도 한 듯이 머리가 식었다. 고장 난 것 같던 심장이 천천히 제 속도를 찾아가기 시작했다.

신이서.

도무지 이해할 수가 없는, 이상한 애.

마른 몸에, 핏기 없이 하얀 얼굴, 이유 모를 큰 흉터를 더 큰 옷으로 덮고서, 한창 뛰던 때의 자신 같은 모습으로 달리는 여자애.

아무런 생각도 감정도 없는 듯한 얼굴을 한 주제에 그렇게 죽을 것 같은 기세로 달렸으면서, 저 아이는 정작 진짜 죽음 앞에선 우산 한 자루를 틀어쥐고 맞서 싸우고 결국 지지 않았다.

등 뒤에 지켜야 할 동생이 있었으니까.

수하가 그만큼 어렸을 때 엄마가 그랬던 것처럼. 그리고 지금도 그렇게 하고 있는 것처럼.

자신은 지금도 뒤에 숨어 있기만 할 뿐인데.

얼굴이 뜨겁게 달아올랐다. 그래도 이제 좀 정신이 드는 것 같았다. 수하는 고개를 휙 내젓고는 열쇠를 쥔 손을 들어 보였다. 일행들이 기뻐하며 손을 흔들었다. 아래층으로 내려가려던 수하가 멈칫했다. 뭔가가 이상했다. 다시 몸을 돌린 수하는 눈살을 찌푸리고 아래쪽을 내려다보았다.

박 사장이 없다.

깜짝 놀란 수하가 빠른 눈으로 사방을 훑었다. 일행을 두고 멀리 가도록 시현이나 성광이 내버려 두진 않았을 테니,

근처에 있긴 할 터였다. 움직임이 느껴진 곳은 주차장 쪽이었다. 수하는 안경을 고쳐 쓰고 눈을 가늘게 떴다.

박 사장은 일행들이 탈 승합차 옆에 쭈그리고 앉아 있었다. 그의 손에 들린 뭔가가 입구 쪽 조명을 받고 번쩍 빛났다. 날붙이가 틀림없었다.

수하는 냅다 창문을 열고 소리를 질렀다.

"아저씨!"

쩌렁쩌렁한 목소리에 긴 메아리가 따라붙었다.

"아저씨 지금 뭐 하고 계세요!"

몇 킬로미터 밖에서도 들릴 목소리였다. 틀림없이 그 괴물한테도 들렸으리라. 다들 사색이 되어 우왕좌왕했다. 남수하 미쳤냐고 외치는 소리도 들렸다. 수하는 이를 악물고 계단을 뛰어 내려갔다. 어쩔 수 없었다. 저 정체 모를 아저씨가 그대로 차 타이어에 펑크라도 내 버리면 여기서 빠져나갈 길이 완전히 사라지게 되는 것이다.

뭔가 이상하다고 생각했다. 꿍꿍이가 있을 줄은 알았지만, 저 사람은 정말로 그들이 이곳에서 도망치지 못하기를 바라고 있었던 것이다.

"다들 차로 가요!"

도대체 왜?

"뭡니까? 무슨 일이에요?"

"사장님?"

뭔가 이상함을 느낀 시현과 성광이 주차장 쪽으로 달려가며 외쳤다. 다른 일행들도 둘을 놓칠세라 급히 달려갔다. 이서도 동생을 안은 채 달려 일행 한가운데 섰였다. 뒤늦게 합류한 수하가 얼른 타이어부터 살폈다. 다행히 모두 무사했다. 간발의 차였다.

박 사장은 붉어진 얼굴로 버럭버럭 소리를 지르고 있었다.

"아니, 내가 뭘 어쨌다고! 차 이상 없나 봐 주고 있었던 건데 왜 이러는 거야?"

어느새 날붙이는 어디 숨기고 없었다.

"아, 죄송해요. 제가 잘못 봤나 봐요. 아저씨가 타이어에 펑크라도 내려고 하시는 줄 알았지 뭐예요!"

수하는 이를 악물고 억지웃음을 지어냈다. 차가 무사하니 됐다. 더 이상 실랑이할 시간이 없었다. 박 사장이 무서운 시선으로 자신을 노려보고 있었지만 무시했다. 도대체 무슨 의도였는지 모르겠지만, 어차피 떠나면 다시 보지 않을 사람이었다. 어쨌든 빨리 도망치는 게 우선이다.

"자, 모두 타자. 얼른!"

시현이 차 안으로 아이들을 몰아넣기 시작했다. 아이들

은 너나 할 것 없이 서둘러 차에 올랐다. 서로 먼저 타려다 몸싸움까지 날 정도였다.

이서는 이지의 두 손을 잡고선 그 앞에 쪼그려 앉았다.

"이지야."

"언니, 우리 가는 거야?"

이서는 고개를 끄덕였다. 이지의 두 눈에 눈물이 차올랐다.

"아빠는? 아빠는 어떻게 하고? 두고 가?"

"이지, 언니 믿지?"

"응."

"언니가 아빠 꼭 찾을 거야."

늘 그랬던 것처럼 곧은 목소리였다. 이지가 좋아하는 단단한 목소리.

"정말?"

"정말. 언니한테 방법이 있어. 네 도움이 필요해. 할 수 있지?"

13. 아침이 오기 전에

"응!"

이지가 작고 동그란 머리를 힘차게 끄덕였다. 이서도 마주 고개를 끄덕여 주었다.

"그럼 이지는 이 언니 오빠들이랑 같이 차 타고 가는 거야. 언니가 아빠 찾을 수 있게. 이지가 언니 보내 줘야 언니가 아빠 구할 수 있어."

"싫어!"

그래. 당연히 그렇게 대답할 줄 알았다. 이서는 쓴웃음을 지었다.

"싫어! 싫어! 언니랑 같이 있을 거야! 나도 갈래!"

"아빠를 찾으려면 달려야 해. 언니 달릴 거야. 이지는 언니만큼 달릴 수 있어?"

이지는 대답하지 못했다. 작은 입술을 달싹거리다가 고개만 거칠게 휘저었다. 언니의 달리기는 방해하면 안 돼. 늘 이지의 말을 들어 주는 언니였지만, 달리기만은 이지가 떼를 쓸 수 없는 언니만의 영역이었다. 이지도 본능적으로 알았다. 하지만.

"언니도…… 괴물한테 잡히면 어떡해……!"

이지는 결국 울음을 터뜨렸다. 이서는 동생을 품에 와락 끌어안았다.

"이지야. 언니 달리는 거 봤어?"

응. 불분명한 발음의 대답.

"언니 빠르지?"

다시 한번 대답.

"언니가 세상에서 제일 빨라. 신이서를 붙잡을 수 있는 건 세상에 아무것도 없어."

대답이 돌아오지 않는다.

이서는 동생을 놓아주었다. 눈물 콧물이 범벅된 얼굴로 이지는 언니를 올려다보았다. 이서는 새끼손가락을 내밀었다.

"약속. 아침이 오기 전에, 언니가 아빠랑 함께 이지 찾아

갈게. 그때까지 잘 기다리고 있기야."

"정말이지?"

"그래. 우리 이지 씩씩하네. 다 컸어."

이지가 콧물을 들이마시며 작은 어깨를 쭉 폈다. 이서는 그런 동생의 머리를 쓰다듬어 주었다.

"얘들아, 어서 타!"

시현이 둘을 불렀다. 이서는 동생을 차 안으로 밀어 넣고 자기도 한 발을 걸쳤다. 밖에선 시현이 박 사장에게 뭐라고 인사를 하고 있었고 박 사장은 손사래를 치며 뭔가 불만을 토해 내고 있었다.

"아, 씨, 박시현. 적당히 하지, 왜 자꾸 미적거리는 거야."

운전석의 성광이 씨근거렸다. 이지에게 벨트를 둘러 주던 이서는 수하가 자신을 빤히 바라보고 있는 걸 발견했다. 여전히 불편한 시선이었지만 상관없었다. 수하는 이서의 계산에 필요 없는 인물이었다. 지금은 그것보다 더 집중해야 할 일이 있었다.

이윽고 시현이 차에 올랐다. 절망적인 표정의 박 사장이 몸을 돌리는 게 보였다. 시현이 문손잡이를 붙잡자마자 성광이 액셀러레이터를 밟았다. 성급한 운전에 차체가 크게 덜컹이며 시현이 짧게 비명을 질렀다. 채 닫히지 않은 문이

스르르 옆으로 밀려났다. 시현이 놀라 다시 문을 닫으려 팔을 뻗는 순간이었다.

이서의 손이 시현을 밀어내고 문을 활짝 열었다.

"어어어?"

이서가 훌쩍 차에서 뛰어내렸다. 아직 속도가 붙지 않은 덕에 바닥을 구르는 건 면할 수 있었다. 비틀대는 몸을 바로 세우고 이서가 외쳤다.

"가세요! 동생 잘 부탁드려요!"

"아니, 얘! 잠깐만!"

시현이 비명처럼 외쳤다. 이서는 확신했다. 저 언니는 차에 오르기 전에 떠나려 했다면 무슨 수를 써서라도 이서를 붙잡았을 사람이다. 하지만 지금 운전대를 잡고 있는 건 이서의 예상대로 그 성질 나쁜 남자였다.

"놔둬! 자기가 간다잖아!"

"그래도 그런 게 어디 있어! 성광 오빠! 기다려 봐!"

차는 요동치면서도 앞으로 나아가기 시작했다. 성광은 이럴 때 자기 목숨을 걸고 멈춰 설 인간이 아니었다.

수하는 앞머리를 거칠게 헤집었다.

"이럴 줄 알았어."

무슨 꿍꿍이인가 했더니, 이럴 셈이었구나! 어쩐지 순순히 포기한다 했다, 그 성격에!

조그마한 여자아이는 눈을 꼭 감고 웅크려 앉아 있었다. 수하의 눈이 그 아이와, 멀어져 가는 이서의 뒷모습을 번갈아 오가며 혼란스럽게 떨렸다. 두 손 가득 식은땀이 솟았다. 짧은 순간에 두 개의 마음이 격렬하게 부딪혔다. 머리가 깨질 것 같았다.

차가 한 번 더 덜컹하더니 이서의 모습이 작아졌다.

"에이씨……!"

수하가 이지의 어깨를 짚었다.

"걱정 마. 괜찮을 거야."

내가 뭐든 해 볼게.

아이가 눈을 크게 떴다.

차는 크게 흔들리며 좌회전하고 있었다. 수하는 이를 악물고 차 밖으로 몸을 날렸다. 시현이 비명을 질렀다. 우와, 아팠다. 속도가 줄었는데도 두 바퀴는 구르고서야 몸을 일으킬 수 있었다.

"다들 가요! 잘 숨어 있을 테니까 걱정 말고 빨리 신고부터 해 주세요! 기다릴 테니까!"

"남수하!"

차가 멈춰 섰다. 젠장, 시현이 성광의 멱살이라도 잡은 것일까? 그래도 모처럼 한 큰 각오였다. 이대로 다시 끌려갈 생각은 없다. 수하는 재빨리 주차장 쪽으로 다시 달리기 시작했다. 등 뒤에서 자신을 부르는 소리가 발목을 잡아끌었다.

그를 도운 건, 생각지도 못했던 상대였다.

산이 우르릉 울리는 듯한 포효. 뱃속이 서늘해지고 머리끝이 곤두서는, 긴 울음소리가 메아리를 타고 쩌렁쩌렁 울려 퍼졌다.

그놈이다.

가깝지는 않다. 하지만 절대로 멀지도 않다. 그놈은 분명히 그들을 바라보고 있을 것이다. 먹잇감들이 도망치는 것에 분통을 터뜨리기라도 하는 것 같았다.

성광은 그것을 견딜 수 없었다. 끼이익— 타이어 자국을 길게 남기며 차가 급가속했다. 새빨간 후미등이 휘청이며 멀어져 갔다. 시현의 비명 소리가 길게 꼬리를 끌며 이어졌다.

"하……."

뒤늦게 추위가 느껴졌다. 돌아가면 엄청나게 혼날 것이다.

"내가 미쳤지."

삭신이 쑤셔 왔다. 멍든 것 같은 어깨를 주무르며 수하는 다시 걸음을 뗐다. 아무리 생각해도 이건 미친 짓이었다. 한밤중에 지하실에서 이상한 소리가 들리면, 문을 잠그고 기다리다 날이 밝은 후에 여럿이서 함께 움직이는 게 맞다. 하지만 수하는 지금 혼자 맨발로 지하실로 달려 내려가는 꼴이었다.

어쩔 수 없었다. 저 차를 타고 떠나 버리면, 저 애를 두고 혼자 도망쳐 버리면 또다시 무서운 '병' 하나를 얻게 될 것 같은 예감이 수하를 짓누르고 있었으니까. 위기 앞에서 혼자 달아나는 건 '그 사람'이 늘 하던 짓이었다. 수하는 그 사람과 다르다. 달라야 했다. 자신에게서 그 사람과 닮은 점을 찾는 건 죽기보다 싫은 일이었다.

게다가 어째선지 눈을 뗄 수가 없었다. 우산 하나를 틀어쥐고 그 괴물한테 맞서던 저 미친 애를 도저히 외면할 수가 없다. 머릿속에서 정체 모를 목소리가 끊임없이 속삭였다.

넌 여기 남아야 해. 오늘이 바로 그날이야.

무슨 날? 이 재미없는 삶을 드디어 게임 오버시키는 날?

통증 때문인지 공포 때문인지 다리가 계속 떨려 왔다. 수하는 터벅터벅 발걸음을 옮겼다. 주차장에는 표정 관리가 안 되는 이서와 박 사장이 미친 사람 보는 눈으로 자신을 쳐다보고 있었다. 수하는 넋이 나간 듯 반쯤 입을 벌리고 있는 이서의 반응이 좀 통쾌하기까지 했다.

그래. 너도 인간이 맞긴 하구나.

그런 생각이 들었다.

"너…… 뭐야?"

"어, 미친놈?"

이서가 입술을 질끈 깨물었다. 수하는 무릎의 통증을 꾹 참고서 한쪽 입꼬리를 끌어올렸다.

박 사장이 사냥 모자를 벗더니 허탈하게 중얼거렸다.

"뭐야, 이건? 이게 도대체 무슨 난리야?"

입을 꾹 다문 이서가 고개를 홱 돌렸다. 이 바보를 상대하기보다도, 지금은 박 사장을 붙잡는 게 우선이었다. 이서는 박 사장을 똑바로 바라보고 말했다.

"아저씨, 그 괴물 잡으실 거죠? 도와드릴게요."

"뭐라고?"

허, 헛숨을 내뱉은 박 사장이 인상을 팍 찌푸렸다.

"헛소리 그만하고 어디 가서 숨든가 해. 이게 무슨 장난인 줄 알아? 에이! 오늘 되는 일이 없으려니까!"

이서는 돌아서는 박 사장의 소매를 붙잡았다. 박 사장이 눈에 불을 켰지만 이서는 물러서지 않았다.

"시간이 없잖아요. 저쪽이 마을에 도착해서 신고 넣으면 금방 사람들이 몰려올 거예요."

"뭐?"

"그럼 곤란하시잖아요?"

박 사장의 표정이 변했다. 무슨 소리냐는 투가 아니었다. 뭔가를 들킨 사람의 표정이었다. 역시 이서의 짐작이 맞았다. 아까부터 사람들이 밖으로 나가는 걸 어떻게든 막으려고 뭉그적거리고 있었던 것이다. 신고가 늦어져야 시간을 벌 수 있으니까. 자기 손으로 상황을 수습할 시간을.

이서는 어금니를 꽉 깨물었다. 이 사람의 생각은 틀려먹었다. 사람이 얼마나 많이 죽었는데, 혼자 지금 뭘 어떻게 하겠다는 것일까?

이서는 참아 왔던 말을 내뱉고 말았다.

"아저씨네 개죠?"

"아니야!"

박 사장이 펄쩍 뛰었다.

거짓말이다. 소란스러워서 와 봤다는 사람이 당연하다는 듯 총까지 들고 왔고, 그 말도 안 되는 크기의 괴물을 눈앞에서 보고도 놀라는 기색도 없었다. 놀라고 무서워하기보다 당황하고 곤란해하고 있었다. 이 사람은 그 괴물을 이미 알고 있던 게 틀림없다.

이서는 분명하게 느낄 수 있었다. '그날' 이후 아빠와 이지를 제외한 모든 것을 머릿속에서 덜어 내면서 널찍하게 텅 비워 뒀던 공간이 아까부터 맹렬히 채워지고 있었다. 머리를 써야 했다. 아빠와 이지를 위해 할 수 있는 건 모두 다 해야 했다. 목이 아프도록 열심히 말을 하고 없는 허세라도 부려야 했다.

다행히 이서의 도박은 제대로 적중한 모양이었다.

"내 개가 아니라고! 나는 맡아서 관리만 하고 있었을 뿐이야!"

뒤에서 수하가 숨을 들이켜는 게 느껴졌다. 박 사장은 실수했다 싶은지 쌍욕을 내뱉으며 뒤로 물러섰다. 그러면서 횡설수설하기 시작했다.

"아니, 내 말은…… 됐다. 그러니까, 어, 상관없어. 일단 빨리 잡아야 해. 그러면 돼."

박 사장이 열심히 억누르고 있는 공포도 이서에겐 느껴졌다. 그 공포는 괴물의 이빨과 발톱에 대한 것이 아니었다. 이 모든 일의 결말에, 누군가는 져야 할 책임에 대한 것이었다. 도망치듯 관리동 방향으로 걸어가면서 박 사장은 담뱃갑을 꺼내 한 개비를 입에 물고 신경질적으로 불을 붙였다.

다 필요 없었다. 이서는 아빠만 찾으면 됐다.

"그러니까 도와드린다고요. 저 괴물, 불러들일 방법을 알 것 같으니까."

158

"뭐라고?"

박 사장의 고개가 뱀처럼 쉭 돌아왔다. 번뜩이는 시선이 다급하게 이서를 훑었다. 이서는 그 절박함이 혐오스러웠다. 저도 모르게 피어오르는 비웃음을 꾹 눌러야 했다. 그러면서 생각했다. 나도 절박한걸. 나도 절대로 실패하면 안 되는걸. 내 꼴은 지금 얼마나 웃겨 보이겠냐고.

"그 대신에."

난 됐으니까.

"우리 아빠 찾는 거, 도와주세요."

14. 회장의 수집품

　사장이라는 호칭은 그 얼마나 흔한 것이던가. 사장님. 사
장님. 에헤이, 사장님. 박 씨는 돈을 든 모든 사람들을 그렇
게 불렀다. 김 사장님. 이 사장님. 최 사장님. 하지만 그는 언
제나 그들에게 그저 박 씨였다. 세상에 사장이 그렇게 많은
데도 박 씨만은 사장님이 되지 못했다.

　"내가 우리 박 사장님만 믿습니다."

　그러니 어떻게 그 제안을 거절할 수 있을까.

　고향 후배의 친척의 지인이라고 했다. 오랜만에 내려간
고향 시골집에서 후배와 마주 앉은 자리였다. 말쑥하게 양
복을 차려입은 후배는 깍듯이 형님, 형님 하며 소주잔을 채

위 주더니 명함 하나를 건넸다.

형님한테 딱인 자리다. 형님 아니면 아무도 못 할 일이다.

그는 언제나 자신에게 맞는 자리를 찾으며 오십 평생을 헤매 왔었다. 이번에 고향에 내려온 것도 뭔가 새로운 일거리가 있을까 해서였다. 연로한 부모의 장가 타령은 무시할 수 있었지만 당장 지갑이 비어 가는 것에는 그도 도리가 없었다.

반가운 제안에 호기롭게 건 전화는 당사자가 아니라 비서라는 사람이 받아 약속을 잡았다. 으리으리하게 지어진 일식집은 들어서는 순간부터 주눅이 들었다. 안내받아 들어간 방에는 나이를 짐작할 수 없을 정도로 주름이 자글자글한 노인이 상석에 앉아 있었다.

말은 주로 노인 옆에 앉은 비서가 했다.

산속의 사유지에 지어진 '농장'을 관리해 달라는 말이었다. 회장이 개인적으로 키우고 있는 동물들을 돌보는 일이며, 그 농장에 홀로 365일 24시간 상주하며 그것들을 챙기기만 하면 된다고 했다. 보수는 아주 넉넉했다. 마다할 이유가 없었다. 어차피 그에겐 가족도 없었으므로 외따로 떨어진 산골에 박히는 걸 반대할 사람도 없었고, 무엇보다 그를 간섭하고 귀찮게 굴 다른 사람이 없다는 점이 마음에 들었다.

딱 일 년만 버티고 목돈 쥐어 나가야지. 그리고 그걸로 제대로 한탕 하는 것이다.

그가 고개를 끄덕이자 그때까지 목석처럼 앉아 있기만 하던 노인이 흡족한 미소를 만면에 띠었다.

내가 우리 박 사장님만 믿습니다. 그 한마디에 가슴이 뿌듯해졌다. 박 사장은 호탕하게 웃었다.

"그럼요, 회장님. 저만 믿으십시오!"

그렇게 그는 사장님이 되었다.

안내받은 농장은 그의 예상보다 훨씬 외진 곳에 있었다. 내비게이션도 인식하지 못하는 좁은 비포장도로를 한참이나 밀고 올라가다 보니 어느 순간 잘 닦인 시멘트 도로가 나왔다. 딱 차 한 대가 지나갈 만한 폭의 도로였다. 그 도로 끝에 '농장'이 있었다.

그는 내심 당황했다. 그래도 '회장님'의 비밀 동물원 아닌가. 그는 잘 관리된 잔디밭과 덩치 큰 종마, 희귀하고 값비싼 외국의 동물들을 기대하고 있었다. 하지만 그의 눈앞에 펼쳐진 건 여덟 개의 뜬장과 그 안에 갇힌 십여 마리의 비루먹은 개들이었다.

"아니, 이게……?"

그나마 곰이 두 마리 있긴 했다. 반달가슴곰 두 마리가 마찬가지로 뜬장에 갇혀 있었다. 수십 마리의 파리가 주위를 빙빙 도는데도 뼈에 가죽만 남은 곰 두 마리는 귀찮은 기색도 없이 제자리만 빙글빙글 돌 뿐이었다.

그렇게 돈도 많고 나이도 들 만큼 든 사람이 도대체 왜 이런 곳을 사람까지 시켜 관리하게 하는지 이해가 가질 않았다. 투덜거리며 농장 제일 구석의 컨테이너 뒤쪽으로 향한 박 사장은 곧 비명을 지르며 반대쪽으로 튀어나오고 말았다.

그곳에 괴물이 있었다.

한눈에 봐도 이 농장이 오직 그놈을 위한 것임을 깨달을 수 있는 존재감이었다. 놈의 사육장은 곰들의 것보다 네 배는 컸다. 그래도 그것에게는 턱없이 비좁아 보였다. 윤기라고는 하나도 없는 뻑뻑한 털가죽 아래로, 다른 놈들과 마찬가지로 갈비뼈가 툭 불거져 나온 괴물은 그럼에도 불구하고 사람을 압도할 정도로 거대했다. 어느 악마의 손을 빌린 것인지 곰과 늑대의 교잡종처럼 보이는 그것은 소름 끼칠 정도로 절묘하게 섞인 두 짐승의 외양에 끔찍할 정도로 균형이 맞지 않는 몸을 하고 있었다. 무엇보다 사람을 꼭 닮은, 흰자가 길게 찢어진 그 눈은 차마 마주 볼 엄두가 나지 않을 정도로 본능적인 공포감을 자아냈다. 몸 군데군데와 얼굴 반쪽을 뒤덮은 정체 모를 흉터가 흉흉한 기세를 부추겼다.

붉은 핏발이 선 눈이 끈적한 시선으로 박 사장을 훑었다. 박 사장은 후들거리는 다리를 추스르며 겨우 그 자리를 피했다.

그놈이 바로, 회장이 가장 사랑하는 수집품이었다. 이름도, 이런 곳에 있게 된 연유도 알 수 없었다. 박 사장은 권태로운 표정의 전임자에게서 동물들의 사육법을 전달받았다. 그가 떠나고 비로소 혼자 남게 된 박 사장은 그제야 대형 식당에서 본 것 같은 거대한 냉동고와, 반짝이는 금속제 도구들로 가득한 수술실처럼 보이는 방을 끼고 있는 이 조립식 주택에서 어떤 불길한 기운을 느꼈다.

개들은 이상할 정도로 조용했고 곰도, 그 괴물도 마찬가지였다. 박 사장은 일과표대로 냉동고의 고기를 녹이고 사료를 섞어 동물들에게 나눠 주었다. 뜬장 아래로 수북이 쌓이는 배설물들을 치우고 가끔은 긴 호스를 늘여 사육장마다 물을 뿌렸다.

걱정스러웠던 그 생활에 생각보다 금세 익숙해졌다. 동물들은 무기력했고 움직임도 거의 없었다. 그저 그가 시키는 대로 잠자코 따랐다. 겉모습만 위협적일 뿐 다른 짐승들도 덩치 큰 개들과 다를 바가 없었다. '그놈'도 마찬가지였다. 박 사장이 먹이를 주고 더러워진 바닥을 긁는 동안 그것은 사육장 반대편에 몸을 말고 누워 기다렸다. 붉은 눈은 한 번도 깜박이지 않고 박 사장을 따라다녔다. 하지만 그게 다였다.

가끔은 읍내에 나가 식료품과 함께 개들을 위한 간식거리들을 사 오기도 했다. 개들이 꼬리 치는 것이 재미있었다. 오가는 이 하나 없는 산속이었다. 지독한 무료함이 가장 큰 스트레스가 되어 갈 즈음이었다.

—이번 주말에 회장님께서 가시니 준비해 두십시오.

"준비라니요?"

수화기 너머의 비서가 긴 한숨을 내쉬었다. 비서는 전화번호 하나를 알려 주었다. 그 전화로 일정을 알리니 그들이 회장이 온다는 시간 한 시간 전에 농장에 도착했다. 낡은 일 톤 트럭에서 내린 건 우락부락한 덩치의 남자 넷이었다. 그들은 다짜고짜 곰과 그것을 향해 마취총을 쏴 댔다. 그리고 축 늘어진 곰들을 끌고 나와 수술실의 금속제 수술대에 묶었다. 까뒤집어진 배에는 갈라졌다 아문 상처들이 수없이 많았다.

"사장님. 좀 잘 먹이셔야겠는데? 이렇게 비썩 마르면 회장님이 싫어하셔."

"아, 예예."

박 사장은 반사적으로 굽실거렸다. 그러면서 생각했다. 아니, 저렇게 배때기에 빨대를 꽂아 대는데 어떻게 잘 먹고 쑥쑥 클 수 있나. 안 죽고 살려 놓은 것만 해도 칭찬해야 할 지경이구먼.

그들은 이번엔 그것의 사육장을 열고 들어갔다. 넷의 힘으로도 그 거대한 덩치를 들고 나르기는 쉽지 않았다. 그들은 한참을 씨름하고서야 특이한 모양의 대형 카트에 놈을 올려놓을 수 있었다. 겨우 카트를 끌어 수술실로 향하던 중이었다. 박 사장은 그놈이 눈을 뜨고 있는 것을 발견했다.

"어어?"

그 괴물이 번개처럼 몸을 일으켰다. 남자들도 기겁을 하며 카트에서 물러났다. 괴물은 한달음에 카트에서 내려서더니 무시무시한 속도로 한 방향으로 뛰어갔다. 개 사육장 방향이었다.

쾅! 놈은 뜬장 하나를 정면으로 들이받았다. 한 번의 충격에 사육장 창살이 엿가락처럼 휘어졌다. 괴물은 그 사이로 앞발을 쑥 밀어 넣더니 안에 있던 셰퍼드를 끌어냈다. 발톱에 걸린 개가 애처로운 비명을 내질렀다. 괴물의 아가리가 셰퍼드의 목뼈를 단숨에 부러뜨렸다. 놈은 그것으로도 성에 차지 않는지 마구 머리를 휘둘러 힘 빠진 개의 몸뚱이를 이곳저곳에 처박다가 마취총을 세 발이나 더 맞고는 그 자리에 쓰러졌다. 남은 개들이 공포에 질려 미친 듯이 짖어 댔다.

그 아수라장 속에서도 박 사장은 분명히 들었다. 마치 즐겁게 웃고 있는 듯한 그것의 숨소리를. 시퍼렇게 질린 박 사장을 비웃기라도 하는 듯한 그런……

죽은 개는 박 사장이 가장 귀여워하던 놈이었다.

마침 도착한 회장이 짝짝짝 박수를 쳤다. 그는 이 소동이 정말 즐거운 모양이었다. 우여곡절 끝에 짐승 세 마리가 수술대에 묶였고 비서의 부축을 받은 회장이 그 안으로 들어갔다.

박 사장은 떨리는 손으로 담배에 불을 붙였다. 얼마나 시간이 흘렀을까. 수술실에서 나온 회장이 차나 한잔 내 달라고 했다. 박 사장은 컨테이너 사무실의 소파로 회장을 안내하고 녹차 티백을 빠뜨린 물잔을 내놓았다. 회장은 차에는 손도 대지 않고 박 사장을 물끄러미 올려다보았다.

"아이고, 많이 놀라셨네. 우리 박 사장님."

"아, 네. 아니요? 아닙니다."

대답하는 목소리가 형편없이 떨리고 있었다.

"아니긴요. 저놈이 좀 흉악하게 생겼소? 나도 처음 보고는 세상에 뭐 이렇게 생긴 놈이 있나 했지 않았겠어요? 그 래서 더 탐이 났지만요."

오늘따라 회장은 말이 많았다. 처음 봤던 때는 한마디 내 뱉는 것도 힘에 부쳐 보였는데, 오늘 그는 십 년은 젊어지기 라도 한 듯 힘이 넘치는 것 같았다. 아마 노인은 정말 그렇 게 느끼고 있는지도 몰랐다.

"우리 박 사장님 위해서, 내가 재미있는 이야기 하나 해 드려야겠네."

"이야기요……?"

"저놈이 어떤 놈인지 알려 드려야지. 그래야 박 사장님이 저놈 돌보는 데 도움 좀 되지 않겠어요?"

회장이 가까이 오라고 손짓을 했다. 박 사장이 몸을 앞으 로 기울이자 회장은 더 가까이 오라고 재촉했다. 결국 회장 은 박 사장의 귀에 대고 누가 들을세라 작은 목소리로 속삭 였다.

"저건 악마야."

박 사장이 펄쩍 뛰자 회장이 히죽 웃었다.

"저놈을 잡은 곳 근방의 모든 마을이 다들 그렇게 불렀거 든. 자, 이제 잘 들어 봐요. 저놈이 어떻게 태어난 놈인지."

15. 악마의 값어치

회장의 이야기가 시작되었다.

같은 나라 사람들도 존재하는지조차 모르는, 외국의 어느 오지 마을이었다. 문명의 손이 덜 미친 그곳은 전기조차 닿지 않았고 먹고사는 게 가장 중요하고, 힘든 곳이었다.

처음 물 길으러 간 아이 하나가 사라졌을 땐 아무도 그 일에 신경 쓰지 않았다. 하지만 마을 사람들의 유일한 수입원인 수공예품을 팔러 마을 밖으로 나간 청년이 돌아오지 않자 다들 수상하게 생각하기 시작했다. 청년이 물품 대금을 모아 다른 마을로 도망쳤다는 의견이 대세였다. 하지만 얼마 지나지 않아 숲속에서 피범벅이 된 공예품들이 그대로 발견되었다.

마을의 주술사는 숲의 악마가 청년을 잡아간 것이라고 말했다. 그리고 두려움에 떠는 마을 사람들을 위해 덧붙였다. 신실하고 결백한 사람들은 걱정할 것이 없다고. 악마란 악의 맛을 좋아하여 죄인들의 살을 탐하니, 그 청년도 불손한 마음을 품었던 것임에 틀림이 없다고. 누군가 그 청년이 언젠가 마을을 떠나 대도시에 정착할 꿈을 꾸고 있었다고 말했다.

그것 봐라. 그 욕심을 못 이기고 우리들이 열심히 만든 물건들을 빼돌리려 했던 것이다. 역시 숲의 악마가 덮칠 만하였다.

모두 안심하고 집으로 돌아갔다.

그리고 몇 달이 지나지 않은 어느 밤, 악마가 마을로 내려왔다. 숲에 가장 가까이 붙어 있던 집이 습격을 받았다. 남편을 잃고 홀로 살고 있던 과부가 마을 사람들이 보는 앞에서 숲속으로 끌려 들어갔다.

정숙하지 못하게 행동했을 것이다. 남은 사람들은 희생자에게 그런 꼬리표를 붙였다. 그렇게 해도 두려움을 떨칠 수가 없었다. 악마가 죄인을 찾아 마을로 내려오지 않게 하려면, 죄인을 먼저 숲속으로 들여보내면 되겠다는 생각이

들었다.

마을 사람들은 인근 마을과 합심하여 원시적인 재판정을 만들었다. 그들은 정기적으로 죄 있을 사람을 뽑아 숲속으로 들여보냈다. 죄가 없으면 살아 나올 것이며 죄가 있으면 합당한 응징을 받을 것이었다. 살아 돌아온 사람은 아무도 없었다. 악마가 마을을 습격하는 일은 더 이상 없었다.

"어떻게 생각해요, 박 사장? 아무도 죄짓지 않는 참 평화로운 마을이 되었겠지요?"

"그, 글쎄요……. 그랬겠지요?"

회장은 가만히 자기 턱을 쓸더니 입맛을 다셨다.

"그런데 말이에요."

하지만 과연 어디까지가 죄이며, 어디까지가 죽어 마땅한 잘못인 것일까. 사람들이 정말로 그렇게 자주 죽을 만한 잘못을 저지르며 살아가고 있는 것일까?

그 누구도, 한 순간도 마음 편히 발을 뻗고 잘 수가 없었다. 마을 사람들은 온몸의 털을 곤두세우고 서로를 감시했다. 어떻게 해서든 다른 사람의 죄를 찾아내야 내 가족이 숲속으로 끌려 들어가는 걸 막을 수 있었기 때문이다.

악마는 사람의 악을 뜯어먹으며 무럭무럭 자라났다. 볼 때마다 몸집을 점점 불려 나가는 그것 때문에 사람들은 점점 더 공포에 질려 갔다. 그러던 중 더 이상은 이대로 살 수 없다고 생각한 주민이 있었다. 그는 횃불 하나를 들고 죽을 각오로 숲을 가로질렀다. 참으로 결백한 사람이었던 모양이다. 그는 무사히 산을 넘고 또 넘어 관광객들이 오가는 도시에 닿을 수 있었다.

처음엔 모두 그의 말을 믿지 않았다. 하지만 그의 절박함이 몇 명의 호기심을 자극하는 데 성공했다. 사냥을 즐기는 이들이, 마침 그 도시에 머물고 있던 어느 기자와 함께 그 마을을 찾았다. 두고 온 가족이 걱정된 주민도 함께였다.

그들의 눈앞에 펼쳐진 것은 말 그대로 지옥도였다.

수십 구의 시신이 마을 중앙에 쌓여 있었다. 어른 아이 할 것 없이 도망치지 못한 마을 사람 전부였다. 아직도 굳지 않은 피가 흐르는 그 시신의 산 위에서, 악마는 배를 보인 채 드러누워 한가로이 낮잠을 즐기고 있었다.

감당하지 못할 참상이었다.

"결국 그 마을 사람 모두가 죄인이었던 걸까요?"

회장은 대답을 기대하는 투는 아니었다. 박 사장은 식어버린 녹차로 겨우 목을 축였다. 오싹하고 역겨운 이야기였다. 좀 전에 개를 잡아 죽이던 놈의 모습이 떠올라 박 사장은 자기도 모르게 몸을 움츠렸다.

늙은 회장은 박 사장의 반응이 재미있는 모양이었다.

"그럴싸하지 않아요?"

"네?"

"우리 박 사장님은 이 이야기가 진짜 같아요?"

멍한 표정의 박 사장이 두 눈을 껌벅거렸다. 회장은 자기 턱을 천천히 쓰다듬었다.

"파는 놈이 머리를 참 잘 썼어. 사실이건 아니건, 그런 해설이 붙은 채로 경매에 나온 놈이니, 내가 어찌 안 사고 버티겠습니까? 나 말고도 눈독 들인 친구들이 많아서 내가 좀 고생을 했어요. 덩치도 저렇게 크니 배로 실어 오는 데도 손이 많이 갔고. 생긴 것도 흉악해서 다들 가까이 가려고 하질 않으니, 원."

"아, 네. 그러셨군요. 그러셨겠지요."

박 사장은 열심히 굽실거렸다.

"그래 봤자 내 밥인데 말이에요. 나는 저 악마를 먹어."

등줄기에 식은땀이 솟았다.

"저놈이 제일 맛있거든. 제일 달아. 이게 사람의 죄의 맛인가 봐요. 먹으면 이렇게 손발에 힘도 차오르고 말이지."

회장이 소파에서 몸을 일으켰다. 비서가 재빨리 다가와 부축하려 했지만 노인은 손을 들어 제지했다. 박 사장도 뒤늦게 후다닥 자리에서 일어났다. 회장은 박 사장의 어깨를 툭툭 두드렸다.

"저놈 잘 부탁해요, 박 사장. 그래도 저놈이 키우는 재미가 있을 거예요."

"무, 물론입니다. 회장님."

"지지 말아요. 저놈이 자기 무서워하는 사람은 기가 막히게 알아보고 설치거든. 숨만 붙여 놓으면 되니까 박 사장 원하는 대로 다뤄요. 응? 우리 박 사장님의 힘을 보여 줘. 딱! 딱 무릎 꿇려 보는 거야."

박 사장은 연신 고개를 끄덕였다.

회장은 느린 걸음으로 사무실 밖으로 나갔다. 곰과 괴물은 그사이에 사육장으로 옮겨져 아직 마취제에 취해 늘어져 있었다.

"그거 줘 봐."

회장의 말에 비서가 창고 쪽으로 뛰어가더니 박 사장은 용도를 알 수 없던 긴 막대를 꺼내 왔다. 회장은 그 막대를 다짜고짜 괴물을 향해 찔러 넣었다. 파란 불꽃이 파지직 튀더니 괴물이 펄쩍 뛰어오르며 비명을 질렀다. 막대 끝이 닿았던 곳에서 가죽이 타는 지독한 냄새가 피어올랐다. 전기 충격기 종류인 모양이었다.

회장은 그 막대를 박 사장에게 건넸다.

"죽이지만 않으면 돼요. 알겠죠?"

"네, 네!"

"무서워할 필요 없어. 죄지은 사람만 잡아먹는다잖아. 우리 박 사장님 전과 있으신가?"

"아니요. 없습니다!"

박 사장의 대답에 회장은 흐뭇하게 웃었다.

"나도 없어요. 우리같이 결백한 사람들이 제깟 놈한테 꿀릴 게 뭐가 있겠나."

회장은 그렇게 떠나갔다.

*

박 사장은 회장의 가르침을 따르기로 했다. 죽은 개를 묻어 주고 돌아온 박 사장은 괴물의 사육장 앞에 섰다. 괴물은 여전히 기분 나쁜 눈빛으로 그를 노려보며 몸을 말고 있었다. 자신을 비웃는 듯하던 그 웃음소리가 떠올랐다. 네까짓 놈이 뭘 어떻게 하겠냐는 듯한 저 눈도 마음에 들지 않았다. 아무래도 저놈은 그 셰퍼드가 박 사장이 아끼는 개인 걸 알고 죽인 게 분명했다.

무서웠다. 다리가 사시나무 떨듯 떨렸다. 하지만 질 수 없었다. 저놈에게 주인이 누구인지 분명히 가르쳐 놓고야 말겠다는 오기가 일었다. 무엇보다도, 박 사장은 전과자가 아니었다. 죄지은 사람만 해친다니 결백하게 살아온 박 사장은 두려워할 것이 없지 않은가.

박 사장은 머뭇거리며 전기 충격기가 달린 막대기를 들어 올렸다. 짐승이 귀를 뒤로 눕히며 긴장하는 게 느껴졌다. 그걸 깨달은 순간 알 수 없는 희열이 불꽃처럼 피어올랐다. 박 사장은 거칠게 짐승을 몰아붙였다. 괴물이 비명을 질렀다. 박 사장은 더 이상 두려울 게 없었다. 등과 옆구리에 이어, 충격기가 빗맞은 눈에도 커다란 화상 자국이 남았다. 회장은 늘어 가는 상처 따위에 신경 쓰지 않았다.

시간은 쏜살같이 흘러갔다. 회장은 세 달에 한 번씩 농장에 들렀다. 박 사장은 점점 능숙하게 그를 위한 만찬을 준비했다. 회장은 박 사장의 농장 운영에 만족하는 듯했다. 특히 괴물을 다루는 솜씨를 매우 칭찬하곤 했다.

통장엔 돈이 차곡차곡 쌓여 갔고, 어느 누구 하나 그에게 간섭하지 않았으며, 악마라고 불리던 짐승마저 그의 앞에서는 꼬리를 말았다. 그는 이 농장의 왕이었다. 하지만 그 왕도 지독한 무료함은 견디기가 힘들었다. 작업을 돕던 남자들과 연락해 사냥을 배워 보기도 했지만, 그들은 박 사장과 함께 어울려 줄 생각은 없었다. 큰마음 먹고 구한 마취총과 개조한 엽탄은 사무실 벽장 안에 처박혔다.

결국 박 사장은 한 병, 두 병 마시기 시작하던 술을 박스 단위로 들여오기 시작했다. 취해 있으면 시간이 잘 가서 좋았다.

실수를 몇 번 하기는 했다. 그중에는 먹이를 넣어 준 후 사육장 문을 잠그는 걸 잊어 괴물이 농장 안을 배회하게 만든 일도 있었다. 비가 억수같이 쏟아지는 날이었다. 개들이 미친 듯이 짖는 통에 잠에서 깨어 밖에 나가 보니 그 짐승이 개 사육장 앞에 물끄러미 서 있었다. 괴물은 박 사장과 눈이 마주치자 비척거리며 자기 사육장으로 돌아갔다. 개들은 발작하듯 짖는 짓을 한동안 멈추지 못했다.

박 사장은 분이 풀릴 때까지 막대기로 사육장 안을 쑤셔 대고는 놈의 먹이 그릇에 마시던 술을 잔뜩 부어 놨다. 술이나 먹고 얌전히 뻗어 버리라는 심산이었다. 알코올에 취해 허덕이는 모습을 보니 그것이 또 보는 맛이 있어, 그는 먹이를 줄 때마다 고기 그릇 가득 소주나 맥주를 들이부었다.

일 년만 바짝 하려고 했던 일인데, 순식간에 이 년이 흘러갔다. 그렇게 십 년은 일할 수 있을 줄 알았다. 세상과 너무

오래 단절되어 있었다. 사실 이것 말고 다른 일을 할 자신도
사라지고 없었다.

　그러던 어느 날이었다.

　"뭐라고요?"

　잘못 들은 줄 알았다. 비바람이 미친 듯이 몰아치고 있었
으니까. 천둥번개도 심상치 않게 치고 있었다. 저 날씨에 밖
에 나가기 싫어 먹이 주는 것도 미루고 TV를 보고 있던 차
에 걸려 온 비서의 전화였다.

　이번 주 주말에 회장님께서 가십니다.

　그런 이야기를 할 줄 알았다.

　──이번 달까지만 수고해 주시면 된다 하십니다. 고생하
셨습니다.

　"아니, 잠깐만! 그게 무슨 소리야?"

　──회…….

　전화가 갑자기 끊겼다.

　"여보세요? 응? 여보세요?"

　폰 화면엔 통화권 이탈이라는 표시만 떠 있었다. 한 번도
이런 적이 없었는데 이상했다. 모두 자기를 놀리려고 작정
하고 있는 듯했다. 박 사장은 욕설을 내뱉으며 몸을 일으켰
다. 우산을 펼친 그는 휴대폰을 들고 집 밖으로 나갔다. 팔

을 길게 뻗고 이리저리 휘둘러 보아도 안테나가 영 잡히지 않았다.

망할! 염병할! 치밀어 오르는 욕을 모조리 토해 내며 그는 농장을 빙빙 돌았다. 어딘가에서는 전화가 터지리라 믿고. 회장님과 직접 통화하면 모든 문제가 해결되리라고도 믿으면서. 그리고 그때, 그는 발견하고 말았다.

창살이 휘어진 채 텅 비어 있는 괴물의 사육장을.

먼 곳에서 찢어지는 듯한 사람의 비명 소리가 들려왔다.

16. 잘못된 거래

수련원 쪽 방향인 것 같았다. 턱이 덜덜 떨려 왔다.

언제 탈출한 걸까? 어떻게 탈출한 거지? 왜 눈치채지 못한 거야? 철창이 저렇게 휘려면 꽤 소리가 컸을 텐데. 설마 저 짐승이 천둥소리를 따져 가며 사육장을 들이받기라도 했단 말인가. 아니. 그보다도, 저 괴물이 지금 사람을 습격하고 있는 건가?

"아, 안 돼! 그건 안 되지!"

이게 다 악몽이었으면 싶었다.

박 사장은 허둥지둥 총을 꺼내 왔다. 마취탄에 더해 총에 맞게 개조해 놓은 엽탄도 챙겼다. 만일의 경우를 대비해

서였다. 차에 뛰어오른 그는 거칠게 엑셀을 밟아 수련원으로 향했다. 또다시 만일의 경우, 저 비명 소리가 그놈에 의한 것이 아니었을 때를 대비해 그는 수련원의 정문이 아닌 관계자들만 아는 오래된 샛길로 차를 몰아 수련원 중턱 즈음에 멈춰 섰다. 총을 든 채 우왕좌왕하는 모습을 수련원 쪽 사람들한테 들키고 싶지 않았다. 취했어도 그 정도 머리는 돌아갔다.

그는 차에서 내리는 순간까지도 모든 게 착각으로 인한 해프닝이길 바랐다. 그 비명 소리도 저희들끼리 놀다 무슨 사고라도 쳐서 지른 것이길 바랐다. 하지만 그 희망은 박살 난 관리동 2층 문이 눈에 들어오면서 산산이 깨지고 말았다. 이윽고 그 근처에 흩어져 있는 직원의 시신을 발견한 순간 그는 자리에 주저앉고 말았다.

누가 봐도 그 괴물의 짓이었다. 부질없었던 희망과 함께, 그의 미래도 나락으로 떨어지고 있었다. 다시 한번 비명 소리가 들려왔고 정신없이 뛰어간 그는 숙소를 덮치고 있는 그놈을 쫓아낼 수 있었다. 총소리만 듣고도 곧장 물러나서 다행이었다. 덕분에 그 숙소 안에 있던 사람들은 모두 무사했지만, 그놈을 또다시 놓친 건 문제였다. 열심히 뒤를 쫓아가 보았지만 소용없었다.

혼자 쫓아오는 박 사장을 노릴 법도 한데, 그놈은 절대로 박 사장 근처로는 다가오지 않았다. 뒤도 돌아보지 않고 도 망쳤다. 그동안 박 사장이 단단히 '가르쳐' 놓았기 때문일 지도 몰랐다. 음험한 만족감이 피어오르려다가 싸늘히 식 었다.

사람이 죽었으니 경찰도, 회장도 자신에게 책임을 물으 려 할 것이었다. 그는 무엇보다도 회장의 반응이 두려웠다. 어떻게 해서든 자기가 할 수 있는 수습은 다 해 놓아야 했 다. 일단은, 저놈을 잡아 마취총으로 재우고 최대한 빨리 비 서 놈한테 연락을 해야 했다. 그럼 어떻게든 될지도 모른다. 무엇보다 그는 이 문제를 혼자서 해결할 자신이 없었다.

이놈의 전화가 지금은 먹통이긴 해도 언젠간 다시 작동 하긴 할 것이다. 그가 수습하려고 이만큼이나 노력했다는 성의를 보이면 길이 있을지도 모를 일이다. 회장은 그 정도 의 힘이 있으리라. 최악은, 신고를 받고 들이닥친 경찰이나 전문 엽사들한테 회장이 애지중지하는 저 괴물이 사살되어 버리는 경우였다.

그땐 그의 삶도 끝장이다.

그런데 이 어린놈들이 도무지 말을 듣질 않았다.

"너무너무 감사해요, 사장님. 저희 절대, 절대로 잊지 않을게요. 얼른 가서 금방 신고하고 돌아올 테니까, 안전하게 계셔야 해요. 알았죠?"

박 사장은 속이 뒤집어질 것 같았다. 어떻게든 겁을 줘서 붙잡아 두고 신고를 미루게 했어야 하는데, 겁 없는 계집애의 사람 속을 까발려 보는 듯한 눈초리와, 멀대 같은 안경잡이 놈의 약삭빠른 혓바닥에 휩쓸려 그들을 배웅까지 하고 만 것이다.

모든 게 다 술 때문이다. 맨정신이었으면…… 그랬더라면…….

게다가 그 연놈들은 발등에 불이 떨어진 이 순간에 순순히 사라져 주지도 않고 그의 속을 긁고 있었다. 안색 하나 안 바꾸고 허리 꼿꼿이 펴고서, 협박 비슷한 것까지 해 가며.

당신의 개 아니냐? 그놈을 끌어들일 방법을 안다. 그러니까 자기 아빠 찾는 걸 도와라.

이 계집애가 오냐오냐 봐줬더니 건방지게!

"하! 내가 뭘 믿고. 안 그래도 바빠 죽겠는데 죽었는지 살았는지도 모를 네 아빠를 내가 왜 찾아다녀야 되는 거냐?"

도도한 얼굴이 단박에 일그러졌다. 아직 세상 무서운 줄 모르는 나이들이다. 부모 품 안에서 실컷 어리광 부리며 자라다가, 머리 좀 굵어졌다고 어른들과 맞먹으려 드는 그 순진한 건방짐이 박 사장은 같잖았다. 어린놈들은 잠자코 어른이 시키는 대로 따르면 될 일이다. 세상 풍파 다 겪어 본, 그러니까 박 사장 자신 같은 현명한 어른의 말씀을 말이다. 박 사장은 이 녀석들이 마음에 들지 않았다.

"……제가 유인할 수 있어요."

"야, 너 미쳤어? 무슨 소리야?"

남자애가 펄쩍 뛰었다.

"십 분 후에는 어떻게든 제가 미끼가 될게요. 그 괴물 불러낼게요. 그럼 아저씨가 잡으세요. 그 대신 십 분간만 조용히 저 따라다녀 주시면 돼요. 딱 십 분요. 그놈이 저 잡겠다고 그 사이에 나타나면, 그것도 괜찮잖아요?"

"신이서!"

남자애가 소리를 질렀다.

박 사장은 입술을 잔뜩 오므리며 미간을 좁혔다.

"흥! 어차피 그놈은 내가 따라다니는 중에는 안 나타나. 그놈이 날 얼마나 무서워하는데."

그러면서도 그는 흘깃 시계를 확인했다.

틀린 말은 아니다. 그 혼자 괴물을 쫓아 봤자, 그놈이 지금처럼 도망치기만 해서는 시간 안에 놈을 잡을 일은 요원했다. 도와주는 사람이 있으면 당연히 좋다. 미끼까지 되어 주겠다니 박 사장으로서는 남는 장사였다.

그런데 애잖아?

뭐 어때?

박 사장은 바닥에 침을 탁 뱉었다.

자기가 한다잖아? 유치원생이나 초등학생도 아니고, 저만하면 다 컸는데, 뭐. 난 저 나이에 누가 신경 써 주기나 했었나?

박 사장은 재빨리 합리화를 끝냈다. 어쨌거나 그도 남은 인생이 달린 일이었다. 박 사장은 헛기침을 하고선 입을 열었다. 야비한 미소가 입가에 걸려 있었다.

"오 분. 오 분 안에 끝내."

*

이서는 어금니를 꽉 깨물고 앞으로 달려 나갔다. 받아 낸 오 분이라도 일단 제대로 써야 했다.

"이건 아니야."

나란히 달리던 수하가 씹어뱉듯 말했다.

"너 알아? 너 지금 제정신 아니라고."

"알아."

그렇게 대답할 줄 알았다! 수하는 자기 머리를 쥐어뜯고 싶어졌다. 이 모든 상황이 정상이 아니었다. 신이서 애가 특히 그랬다. 아빠를 걱정하는 것까지는 당연하다. 그러니 혼자 두고 도망칠 수 없는 것도 이해했다. 하지만 상대는 보는 것만으로도 주저앉고 싶은 괴물 아닌가. 이런 상황에 동생만 안전한 데 보내고선 괴물의 사냥터에 혼자 덜렁 남는다? 그건 용감하다고 하고 넘어갈 일이 아니었다. 그리고 저 믿을 곳 전혀 없는 수상한 인간과 대뜸 거래를 한다니, 아주아주 이상하다. 게다가 그 거래에 자기 목숨을 조건으로 건다? 이건 말도 안 된다. 아니, 미친 짓이다. 도저히 제정신이라고 할 수 없었다.

애 도대체 뭐가 잘못된 걸까?

지금 한가하게 "알아." 같은 소리나 하고 있을 때가 아니었다. 알면 이러면 안 된다.

"우린 지금 저 사람한테 이용당하고 있는 거야."

이서는 말없이 휴대폰 라이트로 길 이쪽저쪽을 비추며 달렸다. 흡입기를 발견했던 쪽 근방을 다 뒤진 그들은 이서의 숙소가 있던 독채 방향으로 달리고 있었다. 박 사장은 뒤에서 헉헉대며 따라오는 중이었다. 괴물이 언제 습격할지 알 수 없는 일이다. 수하는 목소리를 최대한 낮췄다. 그러면서도 낮은 소리로, 악을 썼다.

"더 안전한 길도 있을 거야. 저 사람은 믿을 수가 없어. 너도 알잖아? 세상엔 조심하고 피해야 되는 사람도 있어!"

수하가 아직도 떨쳐 내지 못한 '그 사람'처럼.

"넌 이해 못 해."

이서가 드디어 입을 열었다. 길을 벗어나 낙엽을 버석버석 밟는 와중이었다. 이서는 수하 쪽은 쳐다보지도 않고 손에 든 흡입기를 흔들었다. 목소리에 은은한 분노가 담겨 있었다.

"우리 아빠는 시간이 없어. 이게 없으면 안 돼. 네가 말하는 안전한 길? 있을지도 모르지. 하지만 그런 걸 찾다가 늦어 버리면? 분명히 구할 수 있었는데, 나 하나 안전하자고 미적거리다 늦어서 아빠까지 잃어버리면?"

폭포수처럼 쏟아지는 말끝에는 절망이 넘쳐흘렀다. 방금 전까지만 해도 감정이 없어 보일 정도로 담담하기만 하던 신이서라고는 믿을 수가 없었다. 마지막에 이를 악물고 자신을 노려보는 이서의 눈빛에 수하는 움찔했다.

"난 또 후회할 수는 없어. 나 때문에 또 가족을 잃는 일은 안 돼. 난 그거 못 견뎌. 못 살아. 차라리 내가 죽는 게 나아."

수하의 입이 힘없이 벌어졌다.

"잠깐, 그건⋯⋯."

"잔소리할 시간에 너도 찾아. 그게 날 돕는 거야. 그리고 내 눈엔 너도 제정신 아니야. 그 오지랖은 도대체 뭐야? 넌 뭐가 문젠데?"

누가 뒤통수를 후려치기라도 한 듯한 느낌이었다. 수하는 어금니를 꽉 깨물었다. 그의 얼굴에서도 핏기가 가셨다. 수하가 뭐라고 막 대답하려는 찰나였다.

"어이, 이제 일 분 남았다."

뒤늦게 따라온 박 사장이 느물거리며 말했다.

이서는 다시 허겁지겁 주변을 뛰어다니기 시작했고 수하도 입을 꾹 다물고 사방을 뒤졌다. 시간은 잔인할 정도로 빠르게 흘렀다. 눈 깜짝할 사이에 오 분이 지나갔다. 당연하게도 아빠의 흔적은 찾지 못했다. 초침이 마지막 칸을 지나치는 순간 이서의 눈앞에 드러난 것은 진흙 바닥에 깊게 새겨진 짐승의 발자국뿐이었다.

그 크기가, 이서의 몸통만 한.

짓이겨진 진흙 귀퉁이에는 긴 머리카락 뭉텅이가 붙어 있었다.

셋 모두 한동안 그 자리에 얼어붙어 움직일 수 없었다. 이서는 결국 이마를 감싸 쥐고 주저앉았다. 숨이 턱 끝까지 차

올라 구역질이 날 것 같았다. 수하가 박 사장을 붙잡았다.

"잠깐만요. 조금만 더 찾아봐요. 네? 딱 오 분만 더……."

박 사장이 단박에 말꼬리를 잘랐다. 그런 그의 목소리도 떨리고 있었다.

"아니. 그건 안 되지! 약속했잖아. 학교에서 약속은 꼭 지켜야 한다고 안 가르쳐 주던? 요새 애들 영 못쓰겠네?"

그럼 당신은 제대로 된 어른이란 말이야? 수하가 어이가 없어 할 말을 잊고 있는 때에 이서가 몸을 일으켰다. 걱정스러운 눈으로 돌아보던 수하가 고개를 갸웃했다. 고개를 푹 숙인 이서가 뭔가 중얼거리고 있었다. 힘없이, 그러나 쉼 없이 달싹이는 입술은 읽을 수가 없었다.

수하는 등덜미가 서늘해졌다. 빗물에 푹 젖은 머리칼을 늘어뜨린 채 흙탕물이 튀어 곳곳이 시커멓게 변한 옷을 휘감고선, 알 수 없는 말을 주문처럼 속삭이고 있는 이서의 모습은 어딘가 오싹한 면이 있었다.

"신이서……?"

이윽고 이서가 고개를 들었다. 파리한 얼굴 위에서 두 눈동자가 형형하게 빛났다.

"알았어요. 가요."

입가로 허탈한 한숨이 새어 나왔다. 어디선가 휘슬 소리가 들려오는 것만 같았다. 이 경기는 틀려먹었다. 야유가 환호성처럼 쏟아져 내리고, 상대 팀 선수가 그의 정강이를 걸어차고, 볼을 거둬 갔다. 지독한 무력감이 덮쳐 왔다. 수하가 할 수 있는 일은 아무것도 없었다. 그저 우두커니 버티고 서 있는 수밖에. 자신의 힘으로는 도저히 어찌할 수 없는 이 세계를.

이마 위로 식은땀이 흘러내렸다. 신이서가 그런 그의 곁을 가까이 스치며 지나갔다. 수하의 고개가 이서를 따라 천천히 돌아갔다.

"……?"

다음 순간, 그는 무언가를 각오한 얼굴로 이서의 뒤를 따르고 있었다.

17. 악마를 꾀어내려면

난 지금 도대체 뭘 하고 있는 걸까?

이서는 바닥에 주저앉은 채 생각했다. 엄마는 말했었다. 우리 더 행복해지자고. 그 행복의 모습은 무엇이었을까. 가족 모두 건강한 것? 사이좋게 지내는 것? 어른들은 직장에서 잘나가고, 나는 성적 잘 나오고, 친구 잘 사귀고, 이지도 나도 나중에 좋은 대학 가고, 뭐 그런 것이었을까?

글쎄. 다만, 엄마는 자주 웃었다. 화도 잘 내고, 잔소리도 잘하고, 가끔은 이유 모를 눈물을 흘리기도 했지만 그보다 훨씬 자주 큰 소리로 웃었었다.

왜 엄마 혼자서만 행복해? 그땐 그렇게 생각했었지

만……, 상담 선생님도 포기한 몇 달의 침묵 속에서 이서는 곱씹고 곱씹다가 결국 아주 오래된 기억 하나를 끄집어낼 수 있었다.

'행복해서 웃는 게 아니야. 행복하려고 웃는 거지.'

스치듯 지나쳤던 엄마의 말. 그것이 지금 이서를 둘러싼 모든 것을 설명해 냈다. 그래서 아빠가 저렇게 열심히 웃었던 것이구나. 어린 이지까지도. 남은 가족들은 최선을 다해 다시 행복해지려고 노력하고 있었다. 그 집에서 웃지 않는 사람은 신이서 하나뿐이었다. 늘 기계처럼 무표정한 얼굴로 멀뚱멀뚱 앉아 있는 바보 멍청이. 하지만, 어떻게 웃을 수 있을까. 엄마가 그렇게 된 것도 모두 자기 때문인데. 아무도 알지 못하도록 꼭꼭 숨기기까지 하고 있는데.

결국은, 자신이 모든 불행의 씨앗이었다.

아무것도 모르면서 모두가 이서의 눈치를 살폈다. 어떻게든 이서를 웃게 만들려고 무리했다. 우리는 괜찮아야 하니까. 그동안 열심히 키워 온 이 가족의 평화를 계속 유지해 나가야 하니까. 덜그럭거리며 겉도는 자신이 문제였다. 아니었으면 이런 때 굳이 여행 따위 계획할 일도 없었다. 그러면서도 이서는 아무것도 모르는 척, 아무 일도 없었던 척 태연하게 여행 같은 걸 따라온 것이다.

벌 받는 중인 거야. 이서는 생각했다. 자신은 지금, 그 벌을 받고 있는 것이다.

모두 다 자기 때문이었다. 그러니 스스로 해결해야 했다.

그런데, 그게 맞는데, 나 지금 제대로 하고 있는 게 맞는 걸까? 이지는 괜찮겠지? 나 없다고 혼자 겁먹고 울고 있는 건 아니겠지? 아빠는 정말 방금 지나쳐 온 곳들에 없었던 게 맞겠지? 내가 바보같이 못 보고 지나친 건 아니겠지?

울고 싶다. 정말로, 울고 싶다. 하지만 딱딱하게 굳어 버린 얼굴은 다른 어떤 표정을 만들어 내는 법을 완전히 잊어버린 것 같았다. 어쩌면 다행일지도 모른다. 웃으면 행복해지는 거잖아? 그럼 울지 않으면 겁먹지 않을 수 있겠지.

빨리 잡으면 된다. 최대한 빨리 잡고 나서, 구석구석 다시 뒤지는 것이다. 이서는 자기 자신을 열심히 설득했다. 엄마의 말처럼, 간절한 마음을 담아 자신에게 주문을 걸면서.

"아빠는 괜찮아. 괜찮아. 빨리 잡으면 돼. 빨리 잡고서 아빠를 찾으면 돼. 아빠는 무사해. 안 늦었어. 괜찮아."

난 엄마랑 달라. 난 다 틀려. 내 마법은 언제나 날 배신해. 하지만 오늘만은 제발, 제발 이 하나만은 꼭 이루어지길.

"알았어요. 가요."

이서는 그렇게, 겨우 다시 발걸음을 뗄 수 있었다.

"그래서, 뭘 어떻게 하면 그놈을 부를 수 있는 거냐? 막 소리라도 지르면 되나?"

휘청대는 정신을 억지로 다잡았다. 잔뜩 비꼬는 박 사장의 물음이었다. 이서는 태연한 척 대답했다. 가정에 불과했지만 지금은 믿음이 필요했다. 그리고 허세도. 이서는 자기 자신을 힘껏 채찍질했다.

"다른 게 더 필요해요. 그보다, 어디다 부를까요? 지금 여기요?"

"아니지, 그건."

박 사장은 수염 난 턱을 벅벅 긁더니 고개를 끄덕였다.

"강당으로 불러. 가두고 쏘면 도망칠 염려도 없으니 좋지."

이서는 순순히 고개를 끄덕였다.

"알겠어요."

"그런데 지금 어디로 가고 있는 거냐?"

"매점요. 가서 술부터 옮겨야 해요. 그 괴물, 술 냄새를 따라다니는 것 같으니까."

습격받은 옆 숙소도 낮에 술을 잔뜩 사 갔었고, 관리동의 직원도 많이 취해 있었다. 괴물은 관리동 2층까지 따라와서는 이서 일행을 무시하고 빈 술병들에 집착했다. 그리고 그

빌어먹을 수하네 일행에게서도 술 냄새가 났었다. 이서는 분명히 느낄 수 있었다.

그 불쾌한 냄새는 그날의 뜨거운 열기와 함께 이서의 기억에 낙인처럼 새겨져 있었다. 절대로 놓칠 수가 없다.

그것이 이서의 희망이기도 했다.

아빠에게선 술 냄새가 났을 리 없어. 아빠는 무사할 거야.

이서는 가만히 대답을 기다렸다. 다들 그게 무슨 헛소리냐고 되물을 줄 알았다. 그런데 의외였다.

"아! 그래. 그랬던 것 같아."

남수하는 특유의 바보처럼 솔직한 얼굴로 감탄하는 것이었다.

"……술? 술이라고……?"

그리고 분명히 비웃을 줄 알았던 박 사장이 웬일인지 심각해진 얼굴이었다.

"하, 그랬단 말이지. 웃기는 놈이 지금 술부터 찾고 있단 얘기지? 아니, 이것 참!"

갑자기 박 사장이 웃기 시작했다. 떨리는 손으로 품을 뒤적이더니 납작한 물통을 꺼내 속에 든 걸 한 모금 마시고, 한층 더 미친 듯이 웃는 그였다.

"미치겠네! 그 괴물이 먹이를 찾아다니는 게 아니라 술을 찾아다니고 있다고? 이야, 내가 악마 놈한테 술 한 번 제대로 가르쳤네. 박 사장 대단해, 응?"

이서가 천천히 멈춰 서서는 박 사장을 쳐다보았다. 남수하가 슬쩍 끼어들어 물었다.

"악마요?"

"그렇지! 악마!"

박 사장은 흥이 났다. 평생 누군가의 말에 맞장구만 쳐 주며 지내 왔던 그는, 사람들의 이목이 자신에게 집중되는 이런 때가 견딜 수 없을 정도로 좋았다. 이야기가 절로 흘러나왔다.

"저놈이 어느 나라 숲에 살던 악마라고 하더라. 그런데 이 악마가 좀 특별해. 착해요. 응? 아무나 잡아먹지도 않고 아무 앞에나 나타나지도 않지. 나쁜 사람 있지? 나쁜 짓 한 사람. 죄지은 사람. 죽을죄를 지은 사람. 그래. 벌 받아야 되는데 벌 안 받고 있는 그런 사람. 그런 사람만 찾아다가 확! 잡아먹어 버리는 거야. 뼈까지 꼭꼭 씹어서 말이지."

저 사람이 지금 무슨 소리를 하고 있는 거야?

이서는 손으로 입을 틀어막았다. 어지러웠다. 토할 것 같다.

그 괴물이 새까만 점 같은 눈동자로 자신을 노려보던 그 순간이 떠올랐다. 긴 혀를 늘어뜨리고 눈알을 이리저리 굴

리다, 이서의 흉터를 뚫어져라 쳐다보던 그 모습도. 상처의
연유를 캐내듯, 흉터 위를 샅샅이 훑던 그 눈빛이 생생히 되
살아났다.

잠깐만.

웃기지 마. 그런 게 어디 있어?

"악마는 무슨, 말도 안 돼. 너무 꾸민 거 아니에요?"

수하가 혀를 찼다.

"저놈이 오늘 해 놓은 짓 한번 봐라. 그게 보통 짐승 새끼
가 할 짓이야? 짐승들은 원래 사람 피해 다녀. 그런데 그놈
은 안 그래. 눈 똑바로 마주 보면서 사람 속을 뒤져. 찾아내
려고 하는 게지."

벌 받아야 되는데 벌 안 받고 있는 그런 사람.

"뭐야? 안 가?"

박 사장이 새파랗게 질린 얼굴로 멈춰 서 있는 이서를 툭
쳤다.

"……가요."

무서운 상상을 꾸깃꾸깃 접어 넣었다. 눈을 질끈 감았다
뜨니 걱정스러운 표정의 수하만이 남아 있었다. 심장이 불
안하게 삐걱거렸다.

"다 왔네. 들어가서 술 꺼내 와라. 서둘러!"

어느새 매점 앞이었다. 박 사장은 입구의 자물쇠를 깨부수고 물러섰다.

이서는 머릿속을 어지럽히는 생각들을 억지로 털어 냈다. 황급히 상상 속의 가위를 들어 올려 매일 밤 잠자리에서 하듯이 엉망진창인 기억과 마음을 싹둑싹둑 잘라 냈다. 지금은 다른 일에 정신이 팔릴 여유가 없었다. 평소보다 성급하고 어설픈 손길에 머릿속이 너덜너덜해지는 기분이었지만, 그래도 다행히 조금은 진정이 되었다.

이서는 얼굴을 거칠게 쓸어내린 후 매점 안으로 들어섰다. 불을 켜니 가지런히 정리된 과자 봉지들과 음료수가 눈에 들어왔다. 냉장고에는 갖가지 맥주와 소주, 막걸리 같은 것들이 빼곡하게 들어차 있었다.

"얼마나 가져가야 되지?"

수하가 혼잣말처럼 중얼거렸다. 이서는 정답을 알았다.

"최대한 많이."

이서가 냉장고 문을 열고 술병을 꺼냈다. 수하는 혀를 한번 차고는 매점 구석의 카트를 찾아왔다. 둘은 카트 위에 차곡차곡 술을 쌓기 시작했다. 무거운 침묵 속에서 카트가 점점 채워졌다.

이서는 영 작업에 속도가 붙지 않았다. 아까부터 계속 손이 떨리고 있었던 것이다. 쿵, 이서의 손에서 맥주 페트병 하나가 미끄러져 떨어졌다. 수하가 그걸 주워 들더니 머뭇거리며 말했다.

"괜찮아?"

이서는 다시 맥주 페트병 두 개를 들어 올리며 대꾸했다.

"그래. 신경 쓰지 마."

"알았어. 미안해."

이서의 손이 허공에서 멈췄다.

미안하다니. 뭐가.

유달리 귀에 붙지 않는 말이었다. 따지고 보면 이 아이는 이서에게 사과까지 할 잘못은 한 적이 없다. 문제는 늘 이서 자신에게 있었다. 그 단 두 마디의 대답이 이상할 정도로 계속 머릿속을 불편하게 굴러다니기 시작했다.

이서는 카트 안에 페트병을 쿵 내려놓으며 맞은편의 남자애를 곁눈질했다. 남수하는 허리 한 번 펼 틈도 없이 부지런히 술병을 옮겨 담고 있었다. 이서로서는 두 개가 고작인 페트병 네 개를 동시에 들어 옮기고선 손등으로 흘러내린 안경을 추스르는 옆모습을, 이서는 잠시 말없이 바라보았다. 그러다 뒤늦게 자각했다.

너무 가깝다.

이렇게 가까운 거리에 누군가를 둔 적이 없었다. 그날 이
후로 아빠와 이지 말고는 누구와도 제대로 된 말을 나눠본
적이 없었다. 이서에겐 친구도 부담이었으니까. 그런데 이
아이는 아무에게도 허락한 적 없는 이서의 공간에 제멋대
로 성큼 들어와 있었다. 낯설고, 당혹스럽다.

앤 도대체 뭘까. 왜 생판 남인 날 돕겠답시고 여기서 이
러고 있는 걸까? 보통 사람이라면 화를 내도 할 말 없을 대
답에 자기가 사과까지 해 가면서. 다칠 수도 있는데. 어쩌면
죽을 수도 있는데. 솔직해지자면, 이 애가 없었다면 동생도
자신도 이렇게 무사하지 못했을 것이다.

머릿속이 다시 복잡하게 뒤엉켰다. 알 수 없는 이상한 기
분이 들었다.

이서의 시선을 눈치챈 수하가 멈칫하더니 말했다.

"나 또 뭐 잘못했어?"

"넌 왜 나를 도와주는 거야?"

자기가 물어 놓고도 깜짝 놀라, 이서의 얼굴이 굳어졌다.
이서는 급히 고개를 푹 숙이고 작업에 열중했다. 잠깐의 시
간이 흐른 뒤에 머리 위에서 대답이 들려왔다.

"널 보면 우리 엄마가 생각나서."

그냥 미친놈이었구나.

18. 덫

"알았어."

"아니, 그렇게 대답하면 안 되거든? 네가 생각하는 그런 거 아니거든?"

그럼 뭔데,라고 물을 여유 같은 건 없단 말이야. 이서는 두말없이 다시 카트를 채우는 데 열중했다. 수하는 자기 입을 때리며 이놈의 입, 하여간 나는 말을 하면 안 돼, 따위의 말을 중얼거리더니 다시 술병을 집어 들었다.

"너만 그냥 놔두면 평생 악몽을 꿀 것 같아서 그래. 우리 엄마가 나 때문에 고생을 너무 많이 했거든. 너도 뭔가 사정이 있는 것 같은데…… 물으면 안 되지?"

"응."

"그래. 그러려고 했어."

순순히 물러나는 수하였다. 꼬치꼬치 캐묻지 않는 점이 조금은 의외였다. 이서로서는 믿기 힘든 정도의 반응이었다. 가슴 한구석이 크게 울렁였다. 이서는 그 감정이 뭔지 알 수 없었다. 다만 무척, 무척 오래전부터 잊어버리고 있던 느낌이라는 것만은 분명했다.

자신의 깊은 곳 어딘가에서 쩍 하고 뭔가에 금이 가는 소리가 들려왔다. 이서는 기겁하며 갈라진 부분을 이어 붙였다. 늘 그랬듯이, 왼손의 흉터를 떠올리고 되새기는 것이 효과가 좋았다.

꽤 큰 카트가 금세 채워졌다. 이만하면 충분할 것 같았다. 박 사장이 밖에서 버럭 소리를 질렀다.

"멀었어? 시간 없다!"

"다 됐어요!"

수하가 입구 쪽으로 카트를 밀었다. 환한 매점 안에 있다 보니, 문밖의 어둠이 그새 낯설게 느껴졌다. 새까만 숲속이 더없이 불길해 보였다. 수하가 멍하니 중얼거렸다.

"하…… 젠장. 아니다. 괜찮아. 난 술도 안 마셨고. 나쁜 짓…… 나쁜 짓도…… 별로."

"넌 괜찮을 거야. 착하잖아."

바보 같을 정도로.

얼빠진 표정의 수하 곁에 나란히 서서, 이서가 카트를 훅 밀며 말했다.

"잡아먹힌다면 나야."

＊

강당으로 향하는 길은 만만치 않았다. 오르막길인 데다 바닥도 울통불통했다. 카트에 담긴 술병들의 무게도 보통이 아니었다. 이서와 수하는 진땀을 뻘뻘 흘리며 카트를 밀었다. 박 사장은 주위를 경계한다며 총만 느슨히 잡은 채 휘적휘적 뒤따랐다.

드디어 모습을 드러낸 강당은 커다란 조립식 건물이었다. 빗물에 젖은 벽면이 길가의 조명을 받아 희뿌옇게 번들거렸다. 1, 2층에 줄지어 박힌 창문 안쪽은 바깥보다 더 짙은 어둠에 잠겨 있었다. 수하는 그 여러 개의 창문들이 그들을 노려보는 눈구멍처럼 느껴졌다. 축축한 숲속에 몸을 웅크린 채 자기 입에 제 발로 걸어 들어올 먹잇감을 기다리는 늙은 짐승. 군데군데 칠이 벗겨진 쇠락한 건물은 꼭 그렇게 보였다. 목덜미를 스치는 바람이 찼다. 오싹할 만큼.

"어서어서! 서둘러!"

박 사장이 둘의 등을 떠밀었다. 출입구는 잠겨 있지 않았다. 다행히 밖에서 뭔가가 침입한 흔적도 없었다. 양쪽으로 밀어 여는 문은 꽤나 크고 육중했다. 강당치고는 특이한 구조였다. 아무래도 이 건물은 수련원의 강당보다는 덤프트럭이 드나드는 대형 창고에 가까운 모습이었다.

힘껏 문을 열던 수하는 안에서 새어 나오는 퀴퀴한 냄새에 코를 찡그렸다. 그러고 보니 이 강당은 내부 수리 중이라고 했었다. 벽 안쪽을 더듬으며 몇 걸음 들어가 스위치를 올렸다. 강렬한 빛이 천장에서 쏟아져 내렸다. 수하는 반사적으로 눈을 찌푸렸다. 숲의 어둠에 익숙해진 눈에는 지나치게 밝은 빛이었다.

겨우 뜬 눈에 비친 것은 빛을 받아 새하얗게 빛나는 신이서의 모습이었다. 창백한 안색은 거의 파리할 정도였다. 지금 당장 쓰러진다 해도 이상할 게 없어 보였다. 그런 주제에 이서는 그 무거운 카트를 혼자 끌고 자재 더미와 페인트통, 벽처럼 쌓아 놓은 낡은 탁자와 의자들을 헤치며 강당 중앙으로 향하고 있었다.

잡아먹히는 건 자기라니. 무서운 말을 쉽게도 한다, 너.

사실은 무슨 소리냐고 그 자리에서 묻고 싶었다. 하지만 물을 수 없었다.

저 필사적인 용기를 흔들 수 없었기 때문이다. 아무렇지 않은 척, 침착한 척하고 있지만 그것이 얼마나 지독한 노력으로 유지하고 있는 껍데기인지 수하는 알았다. 수하는 들었다. 오 분 동안 결국 아빠를 찾지 못하고, 자기가 미끼가 될 테니 괴물부터 잡자고 걸어 나가던 그때 이서가 삼키던 그 숨소리를. 흐느낌을 눌러 참으며 허덕이던 그 불안한 호흡을.

골방에서 귀를 막고 이불을 뒤집어쓴 채 잠들던 어린 시절 수하가 그랬던 것과 똑같은. 얼굴의 멍 자국이 축구공에 맞아서 그런 거라고 너스레 떨 때도 꼭 그랬었던.

"하여간 힘자랑은. 좀 기다렸다 같이 옮기지."

수하는 괜히 투덜거리며 이서 곁으로 다가갔다.

그러니까 아무 말도 하지 않을 것이다. 괜찮냐고 물어보지도 않을 것이다. 이제는.

그 허세를 들키는 게 얼마나 두려운 일인지 아니까. 우리는 너덜너덜하게 해진 허수아비다. 잔뜩 기울어져서, 한 번만 바람이 훅 불면 뒤로 넘어가고 말겠지. 하지만 저기 새떼가 밀어닥치고 있으니 지금은 서 있을 수 있어야 했다. 지금에 와서 여긴 어쩌다 찢어졌냐고, 어디부터 고치면 좋겠느냐고 물어서 무슨 소용이 있을까? 사실 고칠 재주도 의지도 없는 주제에. 호기심도 동정도 사양인 것이다.

가끔은 그냥 등 뒤에 서 있어 주는 것만이 필요한 순간이 있다. 수하에게는 그 말 없는 기다림이 절실했었다.

"나중에…… 휴대폰 번호 알려 줄래?"

이서의 한쪽 눈썹이 획 치켜 올라갔다.

"오, 오해하지 마! 우리 지금 엄청난 짓 벌이고 있는 거잖아. 근데 이걸 우리 말고 누가 기억하겠어? 나중에 다시 오늘을 떠올릴 일이 있을지도 모르고, 어…… 또……."

나중에. 네가 원하는 때에. 그땐 네 이야기를 들을 수 있으면 좋겠다고 수하는 생각했다. 난생처음으로 자기 이야기를 들려주고 싶다는 생각도 들었다. 이서에게라면 그럴 수 있을 것 같았다.

"……생각해 보고."

그래도 단박에 거절하진 않는 이서였다. 수하는 슬그머니 웃고 말았다. 그러다 아차, 하고 덧붙였다.

"아, 근데 난 폰 없어."

이서가 팍 인상을 쓰더니 몸을 돌렸다. 바보야? 어쩌라는 거야? 중얼거리는 소리가 들려왔다. 수하는 소리 없이 몸을 떨며 웃었다.

그러다 몸의 떨림이 멈추지 않는 것을 깨달았다. 생각하지 않으려고 노력하고 있지만, 더 이상 미룰 수 없이 받아들여야 할 때가 된 것이다. 이곳이 종착지다. 그들은 지금부터 이곳에 그 괴물을 불러들일 것이다. 몸이 그놈의 공포를 제 멋대로 기억해 내고 저 혼자 떨리고 있었다. 용기인지 만용인지의 값을 치를 때가 드디어 온 것이었다.

"어이, 수다는 다 떨었냐? 이제 뭘 할 거야? 시간이 없거든?"

박 사장이 초조한 얼굴로 발을 굴렀다.

"사람을 이렇게까지 고생시켰으니까 제대로 불러내야 돼. 알지? 안 되기만 해 봐. 재미없을 줄 알아."

"걱정 마세요. 분명히 와요. 이걸 다 뿌릴 테니까."

이서는 담담하게 대답하며 카트를 손가락질했다.

"여기다?"

"네. 전부 다요. 어디에 있건 냄새 맡고 올 수 있도록. 그리고 앰프가 작동한다면 제 폰으로 음악도 틀어 볼 거예요. 아저씨는……."

"난 쏠 준비를 해야지. 저 위에서."

박 사장이 간이식으로 만든 2층을 가리켰다. 2층은 가운데가 뚫려 아래를 내려다볼 수 있는 구조로, 외벽을 따라 얕게 둘러진 좁은 통로로만 이루어져 있었다. 1층으로 들어올 괴물을 노리기에 안성맞춤으로 보였다.

계획은 간단했다. 강당 바닥에 술을 잔뜩 부어 두고 시끄러운 음악을 튼 후에 모두 2층에 몸을 숨기고 기다리는 것이었다. 괴물이 냄새를 따라 강당 안으로 들어오면 박 사장이 총을 쏴 녀석을 잡으면 된다. 어려울 건 없었다. 생각했던 것보다 안전해 보이는 계획이었다.

다만 시간 싸움인 게 걱정일 뿐이었다. 미처 피하기 전에, 한창 술을 뿌리는 와중에 그놈이 도착해 버리면 위험했다. 모든 작업이 최대한 빨리 이루어져야 했다.

수하만이 묘한 불안감을 느꼈다. 뭔가 중요한 걸 놓치고 있는 듯한 느낌이었다. 그런데 그게 무엇인지 아무래도 분명하게 떠오르질 않았다.

박 사장이 카트를 뒤엎었다. 술병들이 바닥에 와르르 쏟아졌다.

"크, 이 아까운 걸……."

박 사장이 소주병 하나를 따더니 생수처럼 들이켰다.

"마셔 볼래?"

그리곤 씩 웃으며 반쯤 남은 술을 내밀었다. 이서와 수하는 질색을 하며 물러섰다. 박 사장은 가소롭다는 듯 크게 웃었다.

"하긴 어린놈들이 뭘 알겠어. 너희가 인생의 쓴맛에 대해 뭐 아는 게 있겠냐, 응? 그러니 술맛도 모르겠지."

그는 남은 술병을 바닥에 깨부쉈다.

"일일이 뚜껑 따고 앉아 있을 여유가 어디 있어? 다 깨! 팍팍 깨부숴! 이렇게!"

이서와 수하도 서로 눈을 마주치고는 박 사장을 따라 하기 시작했다. 유리병은 깨고 페트병은 뚜껑을 열고 바닥에 굴려 버렸다. 걸음을 옮길 때마다 신발에 유리 조각이 밟혀 버적거렸다. 온갖 술이 뒤섞여 사방에 달고 쓰고 신 냄새가 진동했다. 이서는 강당 앞쪽으로 달려가 기계들을 만져 보았다. 다행히 컴퓨터에 케이블이 꽂혀 있었다. 전원을 켜고 휴대폰을 케이블에 연결했다. 휴대폰 내부의 폴더를 뒤적이던 손이 잠시 멈칫했다.

"여긴 끝났어! 어서 하고 올라가자!"

수하가 다급히 외쳤다. 이서는 눈을 질끈 감았다 뜨고, 늘 듣던 음악을 재생했다. 성능 좋은 대형 스피커가 쿵쾅거리며 강한 비트를 때려 대기 시작했다. 부드러운 베이스 소리가 얹히더니 키보드의 멜로디가 끊길 듯 이어졌다. 사고 이후로 방에 틀어박히던 그 순간부터 오늘까지 늘 이서의 귀에 꽂혀 있는 노래였다.

이서는 볼륨을 조절하고 곧장 2층으로 통하는 계단으로 향했다. 박 사장은 이미 2층에 올라가 있었다. 초조하게 강당 입구와 이서 쪽을 번갈아 쳐다보던 수하는 이서가 달려오자 그제야 계단 첫 단에 발을 올렸다.

둘은 후다닥 2층으로 뛰어 올라가 강당 입구 바로 위쪽 통로에 자리를 잡았다. 공사 자재와 오래된 비품들이 이리저리 쌓인 강당 내부가 한눈에 들어왔다. 이서는 정면의 태극기가 조금 삐뚤게 걸려 있는 걸 발견했다. 그 각도로 고개를 조금 기울여 보다가, 눈을 감고 숨을 크게 들이켰다.

준비는 끝났다. 이제 기다리기만 하면 된다.

그래야 하는데, 도대체 뭘까? 이 불길한 예감은.

19. 미끼가 틀렸다?

수하는 마른침을 삼켰다.

오늘은 뜻대로 되는 일이 있을 리 없는 날이었다. 그러니까 이런 경우도 예상했어야 했다. 하지만 예상했다고 하더라도, 이 이상 무엇을 더 준비할 수 있었을까. 수하는 초조하게 이서의 눈치를 살폈다. 틱틱 이어지는 초침 소리가 계속 신경을 긁었다. 이서가 다시 손목시계를 들여다보고 있었다. 벌써 세 번째다. 긴장된 침묵만 다시 오갔다. 시간은 하염없이 흘러가고 있는데 강당 안도, 창밖으로 계속 살피고 있는 강당 밖도 무서울 정도로 변화가 없었다. 강당 안을 울려 대는 음악 소리만이 공허하게 요란했다.

셋은 기다렸다. 조금 더 기다리고, 아주 조금 더 버티다가, 결국 박 사장의 얕은 인내심이 바닥났다. 이제 정말 끝장이라는 생각에 그는 겁까지 집어먹은 상태였다. 미친 듯이 떨던 다리를 딱 멈춘 그가 이를 갈았다.

"젠장……! 내 이럴 줄 알았어. 뭐? 방법을 안다고? 술 냄새를 따라온다고? 믿은 내가 바보 천치지. 응?"

이 외진 숲속에서 위협이 되는 것이 괴물뿐일 리가 없다. 때로는, 아니 보통은 사람이 가장 위험한 것이다. 남자 둘에 여자 하나. 미성년자 둘에 정체 모를 성인 남자 하나. 이서는 식은땀이 배어 나오는 손을 숨겼다.

박 사장이 주먹을 움켜쥐며 이서 쪽으로 걸어오기 시작했다. 수하가 황급히 그 앞을 막아섰다.

"지금 뭐 하시는 거예요?"

"아니, 저년 때문에 지금 다 망하게 생겼잖아! 내가 참게 생겼어? 안 비켜?"

얼굴이 시뻘겋게 달아올라서는 씩씩 술 냄새 나는 콧김을 뿜어 댔다. 틀어쥔 주먹이 어깨까지 올라가 있었다. 금방이라도 상대를 후려칠 기세였다. 수하에게는 몹시도, 지나치게, 익숙한 모습이었다. 수하의 세상이 그 순간 정지했다. 누군가 부싯돌을 확 긋기라도 한 것처럼, 한순간에 머릿속에서 불꽃이 튀었다. 수하는 숨을 들이켰다.

"못 비켜요."

"뭐야?"

"그 손 내려요. 지금 당장."

수하는 오히려 한 발 나섰다. 하! 헛웃음을 터뜨린 박 사장이 팔을 한 번 휘둘러 보였다.

"이런 씨……! 안 내리면 어쩔 건데? 응?"

박 사장은 충동적으로 수하의 어깨에 주먹을 대고 쿡 밀었다.

"야, 너."

의외로 수하의 몸이 순순히 밀려났다. 박 사장은 기세가 붙었다.

"너. 너 이 새끼야! 어른이 말씀하시는데 건방지게 무슨 짓이야? 어쩔 건데? 네가 나서서 뭘 어쩌겠다는 건데?"

박 사장은 아래로 늘어뜨린 수하의 손을 보지 못했다. 단단히 말아 쥐어 팻대 선 두 주먹이 부르르 떨리고 있었다.

축구를 그만두겠다고 했을 때, 코치와 감독은 진심으로 어이없어하며 수하를 말렸다. 야! 시합은 원래 그런 거야. 원래 뛰다 보면 상대 팀 선수나 관중들한텐 내가 죽일 놈이 되는 거야. 막 노려보고, 욕도 하고. 우리도 알지. 그래도 그

건 시합 끝나면 끝이잖아. 무시해! 그냥 네 공에 집중해. 자식이 왜 그런 데 쫄고 그래? 천하의 남수하가 말이야. 응?

둘은 완전히 잘못 짚고 있었다. 심지어 스치듯 털어놓은 증상을 들은 엄마조차도 수하의 문제를 제대로 알아채지 못했다.

사람들의 이목이, 자신을 향하는 한마디 한마디가 무서운 것이 아니었다. 그 질책과 야유는 전혀 두렵지 않았다. 수하가 두려워하는 건, 자기 자신이었다.

분노. 자신을 비웃고 깎아내리는 이들을 모두 부숴 버리고 싶은 그 분노가 수하는 두려웠다. 지금 이 순간에도 침을 튀기며 나불대는 저 입을 뭉개고 싶은 욕망에 손이 떨렸다. 딱 한 대면 바닥에 주저앉아 자기가 잘못했다고 설설 길 텐데, 그럼 얼마나 통쾌할까.

누구로부터 물려받은 욕망인지 모를 수가 없었다. 그 인간이 무슨 생각으로 가족들을 그렇게 대했는지 너무 잘 이해할 수 있어서, 그것이 끔찍했다. 그래서 축구를 그만둔 것이다. 그러면 이런 삐뚤어진 분노를 터뜨릴 일도 없어질 줄 알았다. 그게 착각이라는 걸, 수하는 지금 깨닫고 있었다.

주먹이 계속 움찔거렸다. 박 사장이 하는 말은 이제 들리지도 않았다. 이러면 안 돼. 이러면 안 돼. 되뇌면서도, 오른

214

손이 올라가는 걸 멈출 수가 없었다.

그 순간 차가운 손바닥이 수하의 등에 달라붙었다.

"남수하."

속삭이는 듯한 목소리.

"진정해."

온몸에 들끓던 열기가 그 손길이 닿은 부분부터 서늘하게 식어 나갔다. 언제 무슨 일이 있긴 했냐는 듯, 거짓말처럼 순식간에 머리가 식었다. 마치 마법처럼. 수하는 멍하니 뒤를 돌아보았다. 이서가 콧등을 찡그리며 뜻 모를 표정을 짓고 있었다.

"……어?"

지금 무슨 일이 일어난 건지 알 수가 없었다. 그저 이유 없이 귓바퀴만 뜨거워졌다.

이서가 다시 예의 그 무표정으로 돌아가더니 말했다.

"모두 조용히 해요."

"아니, 이게 또 무슨 헛소리를……!"

"들어 봐요. 가까워요."

그 목소리에 가득 찬 희열을 두 사람 다 느낄 수 있었다. 수하는 입술 안쪽을 깨물었다. 신이서는 기뻐하고 있었다. 그 진심이 오싹할 정도였다. 뭐라 분통을 터뜨리려던 박 사장도 입을 다물었다.

핏대 선 목소리들의 메아리가 잦아들고, 음악 소리만 강당 안에 울려 퍼졌다. 반복적인 음은 이미 귀에 익숙해진 후였다. 모두가 기다렸다. 그 익숙한 멜로디 너머에 있는 무엇인가를.

거칠어진 숨을, 소리 죽여 세 번쯤 내뱉었을 때였다.

가느다란 울림이 강당 안으로 스며들어 왔다. 보이지 않는 뱀처럼.

머리털이 쭈뼛 섰다. 누군가 숨죽이고 흐느끼는 것 같은 소리였다. 축축하게 젖은 물기 어린 흐느낌은 끊어질 듯 끊어질 듯 희미하게 이어졌다. 하지만 그것은 어떻게 들으면, 노랫소리처럼도 들렸다. 마치 자장가처럼 띄엄띄엄 이어지는 원초적인 가락의 허밍이었다. 따라 부를 수는 없지만 들을 수는 있는.

그렇지만,

그렇지만.

그 순간 셋 모두 같은 생각을 하고 있었다. 저것은 웃음소리였다. 들키지 않으려고 꾹 눌러 참고 있는, 그럼에도 불구하고 어쩔 수 없이 간간이 새어 나오는…… 사실은 그렇게 열심히 참고 있지도 않았던 그런 웃음소리. 즐겁고 재미있어서 도저히 견딜 수 없다는 듯한 그런 웃음소리였다.

온몸에 소름이 끼쳐 왔다. 우연이겠지만, 착각이겠지만, 그들에게는 저 악마가 그들의 촌극을 엿듣다 웃음을 터뜨리고 만 것처럼 느껴졌다.

"안 보이는데."

조준경에서 눈을 뗀 박 사장이 떨리는 목소리로 말했다. 바로 코앞에 있는 게 틀림없는데 2층에선 보이지 않았다. 강당을 둘러싼 수풀 어딘가에 있을 터였다. 하지만 아무도 그 어둠 너머를 꿰뚫어 볼 수 없었다.

쿵쾅대기 시작하는 비트가 불안감을 부추겼다.

"저놈의 음악 소리, 거슬려서 집중이 안 되잖아!"

"왜 안 들어오지?"

이서가 잠긴 목소리로 중얼거렸다.

"덫이란 걸 눈치챈 거 아니야?"

수하의 말대로일 수도 있었다. 그래도 이서는 생각이 달랐다. 덫인 걸 눈치챘으면 미련 없이 다른 곳으로 떠나면 그만일 텐데, 저 괴물은 지금 계속 자리를 지키고 있다.

"뭔가 부족해."

"뭐?"

"술만으로는 안 되는지도 몰라. 다른 걸 기다리고 있어."

이곳은 포기하기엔 아깝지만, 굳이 안으로 발을 들일 만큼 매력적이진 않은 사냥터인지도 모른다. 하긴 사냥터라기엔 아무것도 없지 않은가. 사냥감이.

뻔히 보이는 사냥감이 2층에서 내려오고 있질 않잖아.

"그게 뭔데? 응?"

박 사장이 눈을 희번덕거리며 이서를 쳐다봤다. 이서는 갈라진 입술을 앙다물었다가 허탈하게 픽 웃고 말았다.

"고기요?"

익숙한 음악이 고막을 쿵쿵 두드려 댔다. 강당 건물이 마치 커다랗게 변한 이서의 방 같았다. 한없이 쪼그라든 이서는 그 속에 막막한 마음으로 웅크리고 있었다.

문밖에는 검은 짐승이 서 있다. 받아야 할 벌을 안 받고 있는 인간을 잡아먹고 산다는 악마가.

엄마. 세상에 마법이란 게 있다면 말이야, 운명이라는 것도 있지 않을까? 왜 이런 말도 안 되는 일이 우리에게 생기는 것이냐고, 그렇게 생각했었는데. 우리가 난데없이 여행 같은 걸 온 것도, 하필 이런 곳으로 와 버린 것도, 누가 일부러 그러기라도 한 것처럼 전화까지 끊기고, 영화에서나 볼 것 같은 저런 괴물이 나타난 것도, 그래야 했기 때문에 그렇게 된 것일까?

지금 저 괴물이 여기 있는 이유는, 나 때문일까?

이서는 주머니 속의 흡입기를 부서져라 움켜쥐었다. 째깍거리는 초침 소리가 이서의 멱살을 잡아 흔드는 것만 같았다.

저게 기다리고 있는 건 나다.

이서는 계단 쪽으로 한 발, 걸음을 뗐다. 수하의 손이 날쌔게 날아와 이서의 소맷자락을 움켜쥐었다.

"너 지금 무슨 생각 하고 있는 거야?"

"……."

"우리 위험한 짓 하지 말자. 나 살아서 나가야 돼. 우리 엄마한테는 이제 나밖에 없어."

"내 동생한테도 아빠밖에 없어."

"그러다 네가 잘못되면 무슨 소용인데? 언니는? 왜 언니는 필요 없는데?"

이서가 수하의 팔을 거칠게 뿌리쳤다. 네가 뭘 알아? 그 말은 속으로 꾹 삼켰다.

"너 진짜 아빠 찾으려고 이러는 거 맞아? 아무래도 이상해. 꼭 죽으려고 작정한 사람같이 굴고 있잖아!"

"……안 죽어. 아저씨가 있잖아."

이서의 말에 박 사장이 움찔하더니 총을 고쳐 들었다.

"그, 그렇지! 일단 안으로만 끌어들이면 아무 문제 없다! 백발백중이라니까?"

"아니…… 하지만…….'

소름 끼치던 그놈의 소리가 좀 전부터 그쳐 있었다. 이서는 가슴이 타들어 가는 것 같았다. 여기서 그놈이 떠나 버리면, 또 처음으로 되돌아간다. 지금 이 순간에도 이서의 미래는 점점 이서와 이지 둘만 남게 된 텅 빈 집을 향해 전속력으로 달려가는 중이었다. 이서는 다시 뛰어 보려 했다.

"잠깐……!"

수하가 팔을 뻗었다. 이서의 눈에서 불꽃이 튀었다.

"참견 좀 그만해! 네가 뭔데!"

수하가 덜컥 멈춰 섰다. 이서는 그 손을 피해 단숨에 계단 참까지 도달했다. 뒤돌아보니 상처 입은 얼굴의 수하가 그 자리에 그대로 못 박혀 이서를 바라보고 있었다. 가슴이 철렁 내려앉았다. 이서는 저 얼굴을 안다. 저 마음을 알고 있다. 가슴 속 깊은 한 곳이 욱신 쑤셨다. 아니, 쑤시는 것보다 더 아팠다. 어째서인지 눈가가 뜨거워졌다.

남은 계단을 내려다보던 이서는 한순간 머뭇거리다 다시 뒤를 돌아보았다. 자기도 모르게, 소리도 없이 짧은 말마디가 새어 나왔다.

─미안.

더 이상은 막을 수 없었던 한마디.

한참 전부터 숨기고 있던 한마디도 손쓸 틈 없이 뒤따랐다.

─고마워.

뭐야, 신이서? 지금 너 뭐 하고 있는 거야? 이서는 자기 입을 틀어막았다. 하지만 생각은, 마음은, 막아지지가 않았다. 입 모양만으로 전한 두 마디였다. 제대로 전해졌을까? 알 수 없었다. 다시 수하의 얼굴을 마주 볼 용기가 나지 않았다. 이서는 급히 고개를 틀었다. 가야 했다.

남은 계단을 한걸음에 뛰어내려, 난간을 붙잡고 몸을 획 돌렸다. 자기 속도를 못 이긴 몸이 이서를 몇 걸음 더 앞으로 떠밀었다. 이서는 휘청거리며 강당 한가운데로 나아갔다. 서늘한 바람이 불어닥쳤다. 차갑고 축축한 손바닥이 뺨을 훑고 지나가는 느낌이었다.

춥다.

이서는 양팔로 몸을 감싸 안았다. 이 순간 이 넓은 공간에 오로지 홀로 남았음을 자각하며, 이서는 어금니를 부서져라 사리물었다.

그리고 활짝 열린 문 저편을 노려보기 시작했다.

20. 우리는, 어쩌면

짙게 드리운 어둠 속에서 한 쌍의 빛이 번뜩였다.

이서는 그것이 무엇인지 알 수 있었다. 어떻게 모를 수 있을까. 한 번 보면 죽을 때까지 잊을 수 없을 저 눈. 이서만을 꿰뚫을 것처럼 노려보는 시선.

심장이 미친 듯이 뛰었다. 심장이 바로 고막 옆에서 쿵쿵대는 것 같았다. 손끝 발끝이 찌릿할 정도로 저려 왔다. 이 세상에, 그것과 이서 둘만 남겨진 것 같은 느낌이 들었다.

두 개의 빛이 스르르 사선으로 기울어졌다. 이서도 홀린 듯, 따라서 고개를 반쯤 기울였다. 세상이 삐딱하게 기우뚱하면서 현기증이 일었다. 다리가 후들거리기 시작했다.

이서는 깨달았다. 자신이 지금, 죽을 만큼 무서워하고 있다는 것을.

이서는 필사적으로 자기 자신을 다독였다. 잠시만 버티면 되는 일이었다. 어차피 위층에서 총을 든 포수가 대기 중이니, 자신은 미끼의 역할에 충실하면 그만이다. 저 괴물에게는 자신만큼 매력적인 먹잇감이 없을 것이므로. 이서는 몸을 감싸 안고 있던 팔을 풀고 자세를 낮췄다.

*

"보여요? 아직도 안 보여요?"

박 사장은 어설픈 몸짓으로 총을 이리저리 움직였다.

"아니, 여기선…… 어어어!"

순간 시커먼 그림자가 수풀 속에서 튀어나왔다. 일 톤 트럭만 한 덩치가 전속력으로 강당 안으로 짓쳐들어왔다. 폭풍 같은 기세였다. 박 사장이 외마디 소리를 지르더니 창에 걸쳐 뒀던 총을 거둬들여 강당 안을 겨눴다.

짐승은 이미 정문을 통과해 그 몸체에 비하면 한 줌만 한 상대 쪽으로 덮쳐들고 있었다.

수하가 비명처럼 외쳤다.

"신이서!"

*

차라리 나도 거기서 죽었다면 어땠을까.

오랫동안 그렇게 생각해 왔다. 그리고 지금 그 죽음이, 바로 코앞까지 닥쳐와 있다.

그것은 거대한 검은 해일이었다. 산사태나 다를 바 없는, 이서의 힘으로는 어떻게 할 수 없는 자연재해였다. 분명히 저 강당 밖 수풀 속에 있었던 그것은 급발진한 트럭처럼 굉음을 터뜨리며 돌진해 왔다.

구역질 나는 비린내가 훅 주변을 감쌌다. 눈 한 번 깜박였을 뿐인데 어느새 시야는 두 줄로 난 놈의 이빨로 가득 찼다.

이서는 급히 뒷걸음치다 옆으로 미끄러졌다. 그 곁을 아슬아슬하게 스친 짐승이 자재 더미에 어마어마한 소리를 내며 처박혔다. 목재들이 와르르 쓰러졌다.

"신이서! 일어나!"

……뭐야?

"일어나, 빨리!"

무슨 일이야? 왜 안 쓰러진 거야?

이서는 바닥을 짚고 겨우 다시 일어섰다. 다리가 후들거리며 말을 듣지 않았다. 머릿속도 똑같았다. 뭐가 잘못된 것일까? 더없이 간단한 일 아니었나. 강당 안으로 끌어들이면, 박 사장이 저 괴물을 총으로 쓰러뜨리고, 그럼 안전하게 아빠를 찾고, 이지한테 데려다주기만 하면 되는 것인데.

"왜……?"

총알이 빗나가기라도 한 것일까? 피어오르는 먼지 사이로 검은 털가죽이 꿈틀대는 게 보였다. 괴물이 다시 몸을 일으키고 있었다.

"아니, 지금 뭘……!"

수하가 악을 쓰는 소리가 들렸다.

재장전한 마취총에서 다시 한번 희미한 격발음이 터져 나왔다. 마취제가 잔뜩 든 주사기가 한 대 더 짐승의 등덜미에 꽂혔다. 이서의 입에서 허탈한 비명이 새어 나왔다. 이제야 상황 파악이 되었다. 괴물은 귀찮다는 듯 몸을 크게 한번 털었다. 진물과 피가 엉겨든 눈이 이서를 똑바로 바라보았다. 뻣뻣하게 일어선 온몸의 털이 파르르 떨리며 철사 다발이 서로 부딪는 것 같은 소름 끼치는 소리를 만들어 냈다. 괴물이 포효를 터뜨렸다.

이서는 두 손으로 귀를 틀어막았다. 코앞에서 터져 나온 짐승의 포효는 이서가 상상하고 대비했던 것을 아득하게 넘어서 있었다. 본능적인 공포에 온몸이 얼어붙어 움직일 수가 없었다.

"달아나! 달아나라고!"

달아나? 어떻게? 어디로?

수하의 외침에 괴물의 고개가 옆으로 휙 돌아갔다. 그 눈빛에서 놓여나자 겨우 숨을 쉴 수 있었다. 이서는 자기 허벅지를 힘껏 내리쳤다. 나무토막 같던 다리가 움찔했다.

달려야 했다. 도망쳐야 했다. 도망치는 것은 이서의 특기였다. 이서는 언제나 달려 왔다. 매일같이 세상으로부터 전력으로 도망치는 상상 속에서.

움직여! 이서는 자기 다리를 다시 한번 내리쳤다.

*

"새끼야, 미쳤어? 저 짐승 새끼를 여기로 불러들일 참이야?"

"당신이야말로 고작 마취탄으로 지금……! 탄 바꿔요, 당장!"

이것이었다. 수하가 생각해 내지 못했던 부분. 혼자서 의

미도 모른 채 내내 불안해했던 그 부분.

박 사장은 자기가 괴물을 쏘겠다고는 했지만, 무엇으로 쏘겠다고 말한 적은 없었던 것이다. 수하도 박 사장의 사격 실력은 애초에 믿지 않았다. 저 괴물을 이 정도 구경의 총으로 한 방에 쓰러뜨리는 건 당연히 불가능할 테지만, 숙소에서 봤던 것처럼 총소리를 무서워하는 기색은 있었으니 놀란 틈을 타 여러 발 쏘아 쓰러뜨리면 될 거라고 생각했다.

그런데 이렇게 상황이 변했는데, 사람을 미끼로 쓴 상태가 되었는데도, 마취제라니? 저런 덩치가 마취총 몇 발 맞는다고 단번에 쓰러질 리가 없는 것이다.

"고용량이다, 인마! 금방 쓰러져!"

그 금방 사이에 이서가 잘못될 수도 있는 것 아닌가. 이 인간은 그런 걱정은 안중에도 없는 모양이었다. 자기는 지금 안전한 2층에 있으면서도 저렇게 후들후들 떨고 있는 주제에.

수하가 박 사장의 총을 움켜쥐었다.

"어? 어! 이, 이거 안 놔? 뭐 하자는 거야!"

수하는 쏠 수 있었다. 그 사람이, 남자라면 이런 것도 할 줄 알아야 된다며 한참 어린 시절부터 이것저것 쥐여 줬었기 때문이다. 어쩌면 수하의 실력이 박 사장의 어설픈 솜씨

보다 훨씬 나을지도 몰랐다. 허리띠의 탄 주머니에는 살상용 탄도 챙겨 왔을 게 분명했다.

"놔요. 아저씨가 안 쏠 거면 내가 쏠 테니까!"

"뭐? 이 새끼가! 저게 얼마짜린데! 저놈이 몇억짜린지 알고나 지껄이는 거야?"

결국 돈이었다. 고작 돈. 이 인간에게는 자기보다 한참 어린 여자애의 목숨보다 그 몇억이 더 중요한 것이다.

도대체…… 어떻게?

죽을 듯이 내달리면서도 무표정하던 얼굴, 소매를 끌어내리며 던지던 차가운 눈빛, 피가 나도록 씹어 대던 입술, 아무 문제 없다는 목소리로 동생을 달래던, 그러는 넌 뭐가 문제냐고 화를 내던 이서의 모습이 두서없이 떠올랐다. 두려움에 떨리는 숨을 몰래 삼키던 그 모습도.

몸속에서 뭔가가 뚝, 끊어졌다.

그렇지? 도저히 더 이상은 참아 줄 수가 없지?

귓가에 속삭이는 목소리가 있었다.

다음 순간, 수하의 주먹이 박 사장의 얼굴로 날아들었다.

*

228

매일 이어 온 달리기로 단련된 다리였다. 허벅지를 내려친 주먹에 발이 반사적으로 땅을 박찼다. 버릇대로, 곧장 전속력이었다. 몸을 낮춘 채 죽을힘으로 달린 덕에 괴물의 시야에서 한순간 벗어날 수 있었다. 이서는 산더미처럼 쌓인 탁자 더미 밑으로 미끄러져 들어갔다.

콧잔등을 잔뜩 일그러뜨린 짐승이 거친 숨소리를 내며 사방을 두리번거렸다. 이서를 찾고 있는 것이 틀림없었다. 이서는 자기 입을 손으로 꽉 틀어막고 몸을 웅크렸다. 온몸이 사시나무 떨듯 떨렸다. 그 떨림에 바닥이, 탁자들이 덜컹댈 것만 같은 착각이 들었다.

이상할 정도로 무서웠다. 이지를 등 뒤에 두고 저놈을 마주했을 때도 이 정도는 아니었는데, 지금은 우산 자루를 들고 저 앞에 나서기는커녕 저 앞에서 제대로 눈을 뜨고 서 있을 자신도 없었다.

무엇이 달라졌나.

이 순간에도, 머리 한구석에서 늘 도려낼 기억들을 판별하는 또 하나의 신이서는 냉정하게 상황을 정리했다.

저게 너 하나만 노리고 달려들고 있잖아. 네가 이 중에 제일 나쁜 인간이라서.

조금 더 무른, 또 다른 신이서가 울먹이며 몇 마디를 덧붙였다.

어떡해? 너 정말 여기서 죽을 운명인가 봐.

이서는 눈을 질끈 감고 고개를 가로저었다. 갑자기 몸이 종잇장처럼 붕 뜨더니 탁자 다리에 부딪혔다.

"윽!"

괴물이 탁자 쪽을 그대로 들이받았던 것이다. 아픈 어깨를 감싸 쥐고 겨우 눈을 뜬 이서는 바닥에 바짝 엎드려 탁자더미 아래를 들여다보던 괴물과 눈이 그대로 마주쳤다. 숨이 덜컥 멎는 순간에, 짐승은 다시 소름 끼치는 콧소리를 내뿜더니 서로 길이가 다른 두 앞발 중 긴 쪽을 쑥 집어넣었다. 미처 거두지 못한 오른쪽 종아리가 발톱에 걸려 찢어졌다. 비명이 터져 나왔다. 괴물이 흥분해서 온몸으로 탁자 사이의 틈바구니를 밀고 들어오려 했다. 이서는 엉금엉금 기어 탁자 다리 사이를 빠져나가기 시작했다. 이대로 있다간 산처럼 쌓인 탁자가 무너지며 그대로 깔릴 판이었다.

길게 줄지은 탁자들의 산은 강당 앞쪽 무대 옆까지 이어져 있었다. 이서는 뒤를 돌아보았다. 기어 온 자리마다 핏방울이 점점이 떨어져 있었다. 고작 몇 미터의 도주로에, 초라한 버르적거림의 흔적이었다.

"……"

이서에게는 그 몇 미터가 몇 년간의 자신의 모습과 닮아 보였다. 음악은 어느새 그쳐 있었다. 강당 안에 횡횡 울려 퍼지는 바람 소리조차, 이 년간 이서의 마음속에 불어닥치던 폭풍 그대로였다. 갑자기 몇 년 동안의 자신이, 특히 오늘 하루 동안의 자신이 터무니없을 정도로 유치하고 멍청한 인간으로 느껴졌다. 창피할 정도로. 그리고 가엾을 정도로.

야, 신이서. 네 주제에, 네가 뭐라고, 너 혼자 뭘 할 수 있다고 그렇게 날뛰어 댄 거야? 이 꼴 좀 봐. 지금 네 꼴을 좀 보라고.

괴물은 아직도 아까 그 자리를 마구 헤집어 대고 있었다. 몇 초의 여유였다. 조금만 더 늦게 눈치채 준다면, 무대 옆의 비상 출구로 도망칠 수도 있을 것 같았다.

조심스럽게 몸을 일으키는데 다리가 불로 지지기라도 하는 것처럼 아파 왔다. 이서는 비명을 지르는 대신 입술을 피맛이 돌 정도로 깨물었다.

울면 안 된다. 모두 이서의 잘못이니까. 이서가 잘못해서, 그래서 벌을 받고 있는 것뿐이니까 어리광 따위 부려선 안 되었다. 그놈의 어리광 때문에 이서는 잃어선 안 되는 것을 잃어버리지 않았나.

하지만, 차라리 죽는 게 낫다고 허세나 부렸던 주제에, 입은 소리 없이 그들을 부르고 있었다.

엄마.

아빠.

이지야.

나 너무 아파.

이지는 짚고 있던 탁자에서 손을 뗐다. 절뚝이는 걸음으로 비상구로 향했다. 좌우로 덜컹이는 시야 안에서 문 한 짝이 아득하게 멀어 보였다. 차마 뒤를 돌아볼 용기는 없었다. 아무 소리도 들리지 않았다. 아무것도 보이지 않았다.

이 지옥에서 이서를 내보내 줄, 문 하나 외에는.

마지막 한 걸음을 쓰러지다시피 내디디며 이서는 손잡이를 움켜쥐었다. 문은 열리지 않았다.

"……어?"

누가 일부러 그렇게 만들어 놓기라도 한 것처럼, 고장 난 손잡이가 틀 안에서 헛돌았다.

운명이라는 게 정말 있는 것처럼. 온 세상이, 너는 이곳에서 악마에게 먹혀 죗값을 치를 운명이라고 선언하는 것처럼.

돌아선 눈앞에는 그럴 줄 알았다며 비웃기라도 하는 듯이, 양쪽 입꼬리를 귀밑까지 끌어올린 악마가 머리를 들이밀고 있었다.

그때, 마른번개가 번쩍 내리쳤다. 온 세상이 새하얗게 불타올랐다.

*

이런 번개가 치는 날이면 수하는 그날을 떠올리게 된다. 쏟아지는 빗소리에 선잠을 깬 밤이었다. 빗소리가 아니라 웃음소리 때문이었을지도 모른다. 그 사람이 웃고 있었다. 마침내 세상이 자기 뜻대로 돌아가는 게 기쁘다는 듯이. 화투장이 낙엽처럼 나뒹구는 뒷방에서 방금 전까지만 해도 그 사람과 마주 앉아 노름판을 벌였던 남자들이 비명을 질렀다. 속임수를 썼네, 짜고 쳤네, 알아들을 수 없는 말들이었다. 다만 그 사람이 이미 내려앉아 피가 흐르는 남자의 코를 다시 겨냥해 주먹을 들어 올리는 순간은 뚜렷하게 기억한다. 상대는 화투판이 벌어질 때마다 엄마한테 술상을 봐 오라고 윽박지르던 옆집 아저씨였다. 구멍 뚫린 장지문 뒤에 숨어서, 수하는 응원했었다. 그 순간만은 진심으로 그 사람을.

그러고 보니 박 사장의 겁에 질린 얼굴은 그때의 그 아저씨와 꼭 닮았다. 생각만 해도 역겨운 그 얼굴과 완전히 판박이다.

운명이라는 게 정말 있는 것처럼. 온 세상이, 너는 이곳에서 이 인간의 얼굴을 뭉개야 할 운명이라고 선언하는 것처럼.

겁에 질린 박 사장의 얼굴이 두 눈 가득 차올랐다.

*

다시, 새하얗게 탈색된 빛이 모든 것을 가리는 순간에,

아니야.

둘의 머리에 동시에 떠오른 한마디였다.

안 돼. 싫어!

사고가 급정지한다. 거친 마찰음을 터뜨리며. 세상도 한순간 멈춰 섰다.

싫어. 그게 뭐 어쨌다고.

그래서 뭘 어쩌라고! 나는, 싫은데!

열일곱 살은 운명 같은 것을 믿기에는 너무 많거나 너무 어린 나이다. 열일곱 살에는 마음대로 세상에 억지를 부려 보며 그것에 운명이라는 딱지를 붙이는 편이 더 어울린다. 그래서, 이서는 이를 악물고 바닥에 몸을 굴렸다. 수하는 왼손으로 자기 오른 손목을 움켜잡았다.

박 사장은 바닥에 털썩 주저앉은 채 수하를 올려다보았다. 얼굴엔 아무 상처도 없었지만 그는 종이 한 장 차이로 코앞에서 멈춰 선 수하의 주먹에 이미 제대로 얻어맞은 듯한 모습이었다. 수하는 물에 빠졌다 나온 사람처럼 거친 숨을 들이켰다.

이곳에 있어야 했다. 안전한 곳으로 떠나는 차에서 제 발로 뛰어내려 버린, 평소의 자신답지 않은 그 충동을 차라리 운명이라 부르고 싶다. 수하는 알 것만 같았다. 이곳에서 보고 느끼고 시험해야 했다. 자신이 어떤 사람인지를. 눈앞의 누군가에게 분노를 퍼붓기보다, 눈앞의 누군가를 돕는 게 먼저일 수 있는 사람이라는 것부터.

이곳은 시험장이었다.

수하는 계단 아래로 몸을 날렸다. 박 사장의 존재 따위 이미 머릿속에 남아 있지도 않았다.

21. 폭풍이 쫓아오는 밤에는

죽고 싶지 않았다. 죽고 싶을 정도로 괴로웠지만 정말로 죽고 싶은 건 아니었다. 지금도, 내가 죽더라도 아빠는 구하고 말겠다고 했지만…… 죽고 싶지 않았다. 이서는 깨달았다. 비겁하고 초라해도, 그게 진심이었다.

쓰러지다시피 엎드려 땅에 몸을 굴렸다. 괴물의 아가리가 방금까지 이서가 서 있던 자리를 덮쳤다. 허공에서 맞물린 이빨들 사이로 침이 튀었다. 이서는 바닥을 기며 그 자리를 피해 겨우 다시 몸을 일으켰다. 한 번은 피했지만, 다음엔 어떻게 해야 할까? 괴물은 이번에야말로 놓치지 않겠다는 듯이 이서 앞을 막아섰다. 이미 이서는 거대한 짐승의 그림자 안에 홀로 갇힌 꼴이었다.

"야!"

쩌렁쩌렁한 외침.

괴물이 멈칫했다. 이서는 눈을 크게 떴다. 그림자가 물러나며 그 틈으로 빛이 들어왔다.

페인트 통이, 굉음을 터뜨리며 허공을 날았다. 발등이 부러지기라도 한 것 같았지만 수하는 확신했다. 제대로 찼다.

대포알처럼 날아간 페인트 통이 괴물의 옆구리에 충돌했다. 이서의 머리통 위에서 아가리를 벌리고 있던 짐승이 괴성을 지르며 몸을 뒤틀었다. 기회였다. 이서는 재빠르게 몸을 숙이고 괴물 옆으로 빠져나왔다. 찌그러진 페인트 통이 요란한 소리를 내며 그들 옆을 굴렀다.

"그래! 여기야!"

수하는 두 팔을 크게 흔들며 펄쩍펄쩍 뛰었다. 위아래의 이빨을 몽땅 드러낸 괴물이 수하를 향해 성큼 돌아섰다. 그 눈빛과 마주하자 오금에서 힘이 쭉 빠져나갔다. 아, 이 멍청이! 그 총 가지고 내려올걸! 뒤늦게 후회가 몰려왔다. 뱀 앞의 개구리가 된 기분이었다. 막상 눈길은 끄는 데는 성공했지만 이다음에는 무엇을 어떻게 할지 계획이 없었다.

그저, 달아날 수밖에.

"젠장."

수하가 한 발 뒤로 물러서자마자 짐승이 귀를 뒤로 눕히고 몸을 웅크렸다. 활시위를 당기는 것처럼, 돌진을 위해 온몸의 근육을 팽팽히 부풀리고 있었다. 수하는 급히 주변을 두리번거리기 시작했다. 저 속도는 이길 자신이 없었다. 어디로든 피하지 못하면 바로 죽음이다.

"어딜 봐."

힘없이 갈라진 목소리.

짐승이 반사적으로 고개를 홱 돌려 목소리의 주인을 찾았다. 이서가 찌그러진 페인트 통을 들고 서 있었다. 아까 수하가 발로 차 날린 바로 그것이었다. 뜯겨 나간 원반형의 뚜껑이 이서의 발밑을 구르고 있었다. 짐승이 고개를 갸웃했다.

제발. 이서는 기도했다. 제발. 어금니가 부서져라 맞물렸다. 이를 악문 이서가 두 팔을 크게 휘둘렀다. 허공중에 새하얗고 끈적한 부채꼴이 단숨에 펼쳐졌다. 짐승은 그 광경을 넋 놓고 바라보았다. 반원을 그리며 퍼져나간 페인트가 이윽고 괴물의 머리통 위에 그대로 쏟아졌다.

끔찍한 비명 소리가 울려 퍼졌다. 독한 유성 페인트가 가죽으로 덮이지 않은 안구를 불태울 듯한 기세로 할퀴어 댔다. 짐승이 앞발로 제 눈을 후벼 파며 미친 듯이 날뛰기 시작했다. 페인트 방울이 피라도 되는 것처럼 사방으로 날렸다. 앞이 보이지 않는 괴물은 이서를 아슬아슬하게 스쳐 무작정 한 방향으로 돌진하더니 주변의 용도도 모를 자재 더미에 몸을 들이받고 바닥을 나뒹굴었다. 발작하며 몸부림치는 몸체 위로 벽에 기대어 뒀던 목재들이 와르르 쓰러졌다. 지독한 휘발성의 냄새를 풍기는 희석제와 페인트들이 콸콸 쏟아져 바닥을 적셨다.

이서는 털썩 주저앉았다. 더 이상은 움직일 힘이 없었다. 저놈한테 짓밟히거나 깔려도 어쩔 수 없다 싶을 정도였다. 아니, 머릿속이 저 페인트만큼이나 새하얗게 텅 비어서, 사실 그런 생각조차 할 수 없었다.

수하가 이서의 왼손을 덥석 잡았다. 놀란 이서가 고개를 들자 수하가 조용히 하라는 신호를 보냈다. 자기 입술 위에 세운 그 손가락은 덜덜 떨고 있는 주제에 이서의 손을 잡은 손아귀엔 힘이 있었다. 정신이 번쩍 들었다. 이서는 그 힘에 의지해 일어나 보려 했지만 몸이 말을 듣지 않았다. 짧게 고민한 수하가 단호한 얼굴로 이서의 어깨에 팔을 둘렀다. 둘이 몸을 일으키고, 비틀거리며 걸음을 옮기기 시작했을 때였다.

철벅, 젖은 발소리가 소름 끼치도록 선명하게 들려왔다.

이서와 수하의 고개가 동시에 그쪽으로 돌아갔다. 그새 몸을 추스른 짐승이 그들 쪽을 향해 몸을 돌리고 있었다. 색색의 페인트로 뒤덮인 털가죽 아래에서, 시뻘겋게 충혈된 한쪽 눈이 똑바로 그들을 노린다. 피가 식는 느낌이었다. 둘은 누가 먼저랄 것도 없이 강당 입구 쪽으로 도망치기 시작했다. 뛸 수는 없지만 그래도 최대한의 속도로.

빨리. 더 빨리!

그놈도 풍선에서 바람이 빠지는 것 같은 숨소리를 터뜨리며 둘을 쫓았다. 그런데 그 모습이 이상했다.

"야, 저, 저거? 어?"

수하가 의미 불명의 감탄사를 흘리며 연신 뒤를 돌아보았다. 괴물의 걸음이 이상했다. 술에 취하기라도 한 것처럼 육중한 덩치가 좌우로 마구 휘청이고 있었던 것이다.

"마취제? 이제야 듣나 본⋯⋯."

"그냥 달려!"

이서가 버럭 소리를 질렀다. 약에 취했다 해도 그 속도가 제대로 뛰지도 못하는 그들에 비할 바는 아니었다. 순식간에 좁혀진 거리에 이서는 비명을 지르고 싶어졌다. 조금만 더. 한 걸음만 더!

그 순간 둘의 발이 한데 엉켰다. 잔뜩 뿌려 뒀던 맥주에 이서의 발이 미끄러진 것이다. 이서와 수하는 무슨 일이 일어난 것인지도 모른 채 그대로 바닥에 엎어졌다. 나무로 된 바닥에 어깨를 부딪치며, 이서는 자기도 모르게 두 팔로 머리를 감싸고 눈을 꽉 감았다. 이제 저 이빨이 팔부터 뚫고……

쿵! 갑자기 바닥이 울리더니 몸이 들썩일 정도의 진동이 덮쳐 왔다. 먼지가 훅 피어올라 코를 찔렀다. 아픔…… 같은 건 느껴지지 않는다.

"뭐……?"

수하가 얼빠진 목소리로 중얼거리는 소리가 들렸다. 이서는 조심스럽게 눈을 떠보았다. 시야에 가득 찬 털가죽에 놀라 이서는 후다닥 몸을 뒤로 물렀다. 바로 코앞에 그 짐승이 축 늘어진 채 쓰러져 있었다. 조금만 늦었으면 그 아래에 깔렸을 게 분명할 정도로 가까운 거리였다. 반쯤 벌린 입 사이로 혀를 힘없이 늘어뜨린 채로, 그것은 하나뿐인 눈을 흰자만 드러나도록 뒤집고선 미동도 없었다.

쓰러졌다.

잡았어.

이서는 불규칙한 헛숨을 들이키며 그놈을 노려보았다. 믿을 수가 없었다. 정말이야? 정말 이렇게 끝난 거라고?

"그렇지! 내가, 내 말이 맞다니까!"

박 사장이었다. 그는 강당이 쩌렁쩌렁하게 울리도록 박장대소하며 그제야 계단을 내려오고 있었다. 수하는 눈가를 일그러뜨리며 그에게서 시선을 돌렸다.

"일어날 수 있어?"

"응."

이번엔 수하의 도움 없이, 이서는 비틀대며 몸을 일으켰다. 그사이 도착한 박 사장이 총부리로 짐승을 이리저리 찔러 대고 있었다. 그는 아까의 일은 까맣게 잊은 것처럼 기세등등했다.

"내가 고용량이라고 했지? 네놈이 방해만 안 했으면 더 빨리 잡을 수 있었어. 한 발만 더 맞히면 바로 뻗었을 텐데 괜히 쓸데없이 나대서 위험할 뻔해진 거야, 응? 젠장, 이거 완전 걸레짝을 만들어 놨네!"

말 같지도 않은 소리다. 수하는 어금니로 혀를 지그시 깨물며 그의 하는 꼴을 가만히 노려보았다. 더 이상 움직이지 않는 괴물 앞에서 박 사장은 두려울 것이 없어 보였다. 그는 그것의 머리를 발로 퍽퍽 걷어차며 욕설을 쏟아 냈다. 수하는 본능적으로 알 수 있었다. 그것은 박 사장의 시위였다. 너희들은 이 짐승한테 덜덜 떨었지만 내가 바로 이놈의 주인이다. 그러니까 너희들은 나를 더 존중해야 해. 더 무서워해야 해.

이서는 휙 몸을 돌렸다. 더 이상 이곳에는 용무가 없다는 듯이. 휘청거리는 걸음으로 문 쪽을 향해 걷는 이서를 바라보며 수하는 미간을 좁혔다. 이서에게 박 사장은 이제 더 이상 아무런 의미가 없는 존재였다. 수하는 이제 그 속마음을 조금은 알 것만 같았다. 수하도 얼른 그 뒤를 따랐다. 이서의 옆에 나란히 서자 이서가 작게 움찔하는 것이 느껴졌다.

"같이 가."

"……."

예상했던 대로, 대답도 않지만 밀어내지도 않는다. 수하는 그것이 기뻤다. 조금 더 속도를 높여 이서를 앞지르며, 그는 이서를 마주 보고 뭐라 말을 더 덧붙이려다, 무슨 말을 해야 할까 고민하다가, 반사적으로 그 너머를 돌아보았다. 박 사장은 입에 문 담배에 불을 붙이며 휴대폰을 만지작거리고 있었다. 저 짐승의 주인이라는 사람한테 연락하려는 것일까? 이제는 통화가 되려나? 그런 생각을 이어 가던 순간이었다.

수하의 동공이 크게 벌어졌다.

덜컥 멈춰서는 수하. 말을 마저 잇지 못하고 굳어 버린 입, 핏기가 가서 창백해진 얼굴을 마주 보며 이서는 숨을 멈췄다. 이서는 고개를 돌려 등 뒤를 바라보았다. 뻣뻣하게 굳은 목이 삐걱거리며 돌아갔다.

악몽은 아직 끝나지 않았다. 이런 악몽이 그렇게 쉽게 끝날 리가 없었다.

그놈이었다.

그놈이었는데, 지금껏 보아 온 것 중 가장 끔찍한 몰골을 하고 있는 그놈이었다.

흰 페인트가 말라붙어 뻣뻣하게 곤두선 머리 쪽 털가죽 아래로 시뻘건 피가 배어 나오고 있었다. 핏줄기는 이마를 거쳐 눈으로 흘러 들어가, 부릅뜬 두 눈의 흰자위가 모조리 핏빛이었다. 이서가 찢어 놓은 눈 아래의 상처를 타고 핏방울이 뚝뚝 떨어졌다.

다시 일어난 그것은 고통과 분노로 온몸의 털이 부풀어 그 무서운 덩치가 두 배는 되어 보였다. 온몸을 들썩이며 거친 숨을 몰아쉴 때마다 주둥이 사이로 분홍색 침 줄기가 이리저리 흔들렸다. 곰도, 늑대도 아닌 그 짐승은 지금은 정말로 지옥에서 기어 올라온 악마처럼 보였다. 자기를 이 꼴로 만든 인간들을 찢어발기러 온.

거리는 고작 삼 미터 남짓이었다.

박 사장이 혼비백산하여 물러서며 총을 들어 올리고 있었다. 총구는 형편없이 떨려 춤이라도 추고 있는 듯했다. 괴물이 박 사장을 향해 기우뚱하게 기울어진 상체를 숙였다. 그 입이 크게 벌어진다 싶더니 턱이 귓가까지 찢어지며 속에서 무엇인가가 와르르 쏟아져 나왔다.

검붉은 폭포수였다. 끝없이 이어지는 질척한 물줄기에 섞여 정체 모를 붉은 덩어리들이 철벅철벅 바닥으로 떨어져 내렸다. 본래의 색을 알아볼 수 없는 천 조각들도 뒤섞여 있었다. 등산복 브랜드의 로고들이 토사물들 속에서 선명하게 번쩍였다. 그것이 게워 내고 있는 것은 몇 명인지 식별도 안 될, 지금껏 집어삼킨 모든 사람들이었다. 박 사장은 그 끔찍한 토사물을 그대로 뒤집어썼다. 그는 찢어지는 비명을 내지르며 주저앉았다. 그러고는 참혹한 잔해로 뒤범벅된 겉옷을 뜯어내듯 벗어 던졌다. 곤죽이 된 살점이 흘러내리는 총도 내팽개친 지 오래였다. 죽어도 잊을 수 없을 것 같은 무섭고 끔찍한 냄새가 강당 안을 가득 메우며 퍼져 나갔다.

이곳은 지옥이야. 이서는 아득해지려는 정신을 죽을힘으로 붙잡았다.

한참을 토해 낸 괴물은 한결 낫다는 듯 기세 좋게 몸을 떨치고는 박 사장을 내려다보았다. 한때 두려워했던 유일한 인간이 이제 자신을 두려워하고 있으니, 이제는 그저 먹잇감이 하나 늘어난 것일 뿐이다. 그리고 짐승이 원하는 것은 따로 있다.

괴물의 눈이 휙 굴렀다. 그 눈동자가 향한 곳은 단 한 곳. 단 한 사람. 도무지 이해할 수 없는 저 집착은 지금 이 순간까지도 이어지고 있다. 긴 혓바닥이 길게 찢어진 입가를 조급하게 핥았다. 텅 비워 낸 뱃속 깊은 곳에서 으르렁거림이 끓어올랐다.

"고용량은 무슨, 미친……."

수하의 입에서 절망적인 혼잣말이 흘러나왔다. 달아나야 했다. 하지만 달아날 수 없었다. 그리고 둘 모두 분명하게 느끼고 있었다. 아무리 달아나 봤자 저 괴물은 절대 포기하지 않을 작정이라는 것을.

괴물이 한 발 앞으로 다가왔다. 수하는 한 발 물러서려다가, 멈춰 섰다. 이서가 움직이지 않았던 것이다.

"야."

자기 귀에도 제대로 안 들릴 정도의 목소리로, 수하가 이서를 불렀다.

"신이서……!"

이서에게는 아무것도 들리지 않았다. 심장 뛰는 소리가

고막을 때려 대고 있었다. 삐― 하고, 고장 난 스피커에서
새는 것 같은 이명이 머릿속을 잔뜩 채웠다가 뚝 끊어졌다.

텅 빈 것 같은 머릿속이 시뻘건 짐승의 눈으로 가득 찼다.
지독한 악의로 똘똘 뭉친 눈이었다. 저 짐승이 말을 할 수
있었다면, 평생 잊지 못할 악의와 저주를 쏟아붓고 있었겠
지. 갑자기 그런 생각이 들었다.

차마 마주 보기 두려운 눈. 평생 지워지지 않는 상처를 주
고야 말겠다는 의지로 쏟아 내는 저주들.

한순간 벼락같은 자각이 덮쳐 왔다. 이서는 경련에 가깝
게 어깨를 한 번 들먹였다. 이서는 알고 있는 눈빛이었다.
그날, 엄마가 기억하는 이서의 마지막 모습이 저것과 크게
다르지 않을지 모른다. 단 한 순간이었다 해도 그때 이서의
악의는 진심이었으니까. 이서의 눈은 그 순간 바로 저렇게
빛나고 있었던 건 아닐까.

엄마는 피하지 않았다. 분명히 끔찍했을 텐데, 분명히 상
처 입었을 텐데도 엄마는 이서에게서 눈을 돌리지 않았다.
그러고 보니 그랬다. 엄마는 다시 이서를 마주 보려 했었다.
고개를 돌려 버린 이서를 계속 부르며, 이서의 그 끔찍한 눈
을 쫓았다. 마지막 순간까지도. 오랫동안 묻어 뒀던 기억이
출렁이며 파도를 일으켰다. 심장에 물이라도 찬 듯 가슴이

답답하고 먹먹해졌다.

엄마, 나는…….

나도.

한순간, 이서는 자신이 전혀 떨고 있지 않다는 것을 깨달았다. 두 다리는 그 어느 때보다 단단하게 땅을 딛고 버티고 있었다. 하지만 마음속에선 정체 모를 폭풍우가 격렬하게 몰아치고 있었다. 머릿속 또 하나의 신이서가 그 감정을 정의해 냈다.

이서는 화가 나 있었다.

못 받은 벌을 받아야 한다고? 죽을죄를 지은 나쁜 인간들을 찾아내 잡아먹는 거라고? 웃기지 마.

내 잘못은 내가 책임질 거야. 너한테 맡길 몫은 없어!

그때, 뭔가가 발 앞에서 반짝이고 있는 게 눈에 들어왔다. 박 사장이 몸부림칠 때 튕겨 나온 것일까. 이서는 홀린 듯 천천히 몸을 숙여 그것을 주워 들었다. 그리고,

마법에 대해 생각했다.

소리 없이 헛웃음이 새어 나왔다.

그래, 엄마. 나도…… 나도 알아.

이서는 그것을 손안에 꼭 말아 쥐고서 뜨거워지는 눈가를 꾹 눌렀다. 그리고 괴물을 향해 한 걸음을 내디뎠다.

"너 또 무슨!"

수하가 낮은 목소리로 악을 썼다.

"괜찮아. 안 죽어."

이서는 수하 쪽은 돌아보지도 않고 고저 없는 목소리로 말했다. 처음 봤을 때 같은 그런 목소리였다. 그 모습에 왠지 모를 오한이 일어, 수하는 다시 붙잡을 틈을 놓치고 말았다. 그사이에 이서는 그저 그 짐승만을 똑바로 응시하며 다시 한번 걸음을 뗐다. 괴물도 지금까지 한 번도 들어 본 적 없는 소리로 울부짖고는 그들을 향해 다가왔다. 달려오지 않고, 또 한 걸음을 성큼 내딛고 있었다. 수하는 그 모습을 계속 곁눈질했다. 이서의 돌발 행동에 더 이상 무얼 어떻게 해야 할지 알 수 없어진 수하는 거의 제정신이 아니었다.

그런데 이어지는 장면은 눈으로 보고도 믿을 수 없는 것이었다.

이서가 멈춰 섰다. 그러자 괴물도 그 자리에 멈춰 섰다. 이제 겨우 이 미터.

이서는 천천히 소매를 걷어 올렸다. 두 눈은 짐승의 눈에 단단히 못 박아 놓은 채였다. 둘은 서로의 눈을 꿰뚫을 듯이 노려보고 있었다. 티끌만큼도 놓치지 않고 네 모든 것을 들여다보겠다는 듯이. 괴물이 한쪽 입가를 씰룩이더니 위협적인 포효를 터뜨렸다. 살아 있는 생명이라면 삶을 포기하고 그 자리에 주저앉거나 목숨을 걸고 달아나야 하는 순간이었다.

"난 그만 달릴 거야."

이서가 또렷한 목소리로 말했다. 괴물이 의아한 듯 고개를 기울였다. 이서는 깊이 숨을 들이마셨다.

간절한 마음을, 꾹꾹 눌러 담는 거야.

"이젠 멈춰 설 거야. 도망치지 않아. 그리고 또."

주먹을 움켜쥐었다.

"난 절대 죽지 않을 거야."

등 뒤에서 자신을 바라보고 있는 시선이 느껴졌다. 수하가 아직도 그 자리에 남아 있었다. 이 틈에 혼자 달아나도 아무도 탓하지 않을 상황인데도. 이놈의 목표는 나인 걸 다 알고 있으면서.

저거 정말 미친놈이네.

다시 눈가가 화끈해졌다. 등 뒤가 든든했다. 그냥 그곳에 누군가가 있어 주는 것만으로도 뒤에서 불어 닥치던 바람이 사그라드는 것 같았다. 오랜만에 느껴 보는 평온함이었다. 힘이 솟았다.

그러니 할 수 있다.

눈을 깜박이지도, 눈물을 닦아 내지도 못한 채 이서는 다시 입을 열었다.

자, 이루어져라. 모두.

"아빠도 무사하실 거야. 여기에서 나가면, 바로 찾아서…… 만나서…… 모두 함께 집으로 돌아갈 거야. 가서 우리, 마주 앉아서 이야기를 할 거야. 나 다 말할 거야. 이제는 무섭지 않아. 무서운 건 오늘 다 봤어. 그리고 더 무서운 게 뭔지도 알았고."

더 늦기 전에,

"다시 행복해지려고 노력할 거야. 나도 웃을 거야. 웃고 싶어."

목소리가 갈라졌다. 코가 매웠다. 이서는 훌쩍 콧물을 들이마시고는, 허리를 곧게 폈다. 당당하게. 그리고 명령했다.

"그러니까 넌 비켜."

악마가 두 발로 벌떡 일어섰다. 순식간에 불어난 그림자가 이서를 몽땅 집어삼켰다. 이서는 움직이지 않았다. 그저 움켜쥔 주먹에 힘을 주고, 이를 드러냈다.

"이제, 그만, 사라져."

불길이 이글거리는 눈이었다. 어디에서 지펴진 불일까. 잡아먹은 사람의 죗값을 기름 삼아 타오르던 불길일까, 악마라 불리며 이리저리 팔려 다니면서, 눈이 짓무르고 가죽이 벗겨지는 사이에 타오른 지옥불일까.

하지만 이서의 눈에도 있었다. 결코 쉽게 꺼지지 않을 그런 불길이.

이서는 손에 든 라이터의 뚜껑을 한 손으로 튕겨 열었다. 조그마한 불꽃이 조용히 일렁였다. 이서는 라이터를 앞으로 내민 채 기다렸다. 괴물의 눈을 끝까지 들여다보면서. 길게. 오래도록. 그 속에 시뻘겋게 타오르던 불길이, 바람에 훅 밀리는 듯 흔들리는 그 순간까지.

괴물은 뒷걸음질을 쳤다. 그것은 본능이었다. 물러나면서도, 그러면서도 자신이 왜 뒤로 물러나고 있는지 이해하지 못했다. 그래서였을 것이다. 멈칫거리던 그 뒷발로 다시 땅을 박차고 만 것은. 그것은 오래도록 죽이고 먹는 것에 취한 채 살아왔으니까.

이서가 라이터를 던졌다. 온몸에 배어 있던 페인트와 희석제가 기다렸다는 듯이 그 불꽃을 받아 삼켰다. 눈앞에 번쩍 섬광이 일더니 불길이 치솟았다. 거대한 불길이었다. 뜨거운 열기가 얼굴로 덮쳐 숨이 턱 막혔다. 이서는 뻣뻣해진 몸으로 그 자리에 굳어 있을 뿐이었다. 두 눈이 시뻘건 불기둥으로 가득 찼다. 움직일 수가 없었다.

뒤에서 달려온 수하가 이서를 끌어당기며 온몸으로 감쌌다. 불에서 떨어져 차가운 바닥에 함께 내던져진 채, 이서는 수하의 어깨 너머로 불길이 허우적거리며 타오르는 모습을 지켜보았다. 영원히 꺼지지 않을 것 같은 불길이었다.

악마는 물러섰다. 이서 따위한테는 아무런 관심도 없는 것처럼. 제 온몸을 쥐어뜯으며 뒤로, 뒤로 멀어져 갔다. 괴물이 비명을 지르며 온몸을 뒤틀 때마다 불티가 한없이 날아올랐다.

이서의 악몽은 그렇게 사라져 가고 있었다. 이서는 흉터가 남은 손등을 꽉 움켜쥐었다. 그렇게 쑤시고 쓰리던 상처였는데, 가스 불 앞에 서는 것도 힘들었었는데, 지금은 아무렇지도 않았다. 이서는 입 밖으로 새려는 울음을 꾹 삼켰다. 소리 없이 온몸으로, 이서는 그렇게 조금 울었다.

22. 저주의 끝

　수하는 제정신이 아니었다. 그는 아직도 자신이 붙잡고
있는 이 신이서가 진짜 살아 있는 신이서가 맞는지 확신할
수가 없었다. 누군들 안 그럴 수 있었을까.

　"괘, 괜찮아?"

　수하는 허겁지겁 몸을 일으키고는 이서의 몸을 이리저리
살폈다.

　"괜찮아? 어디 다친 데 없어?"

　"너는?"

　이서가 쉰 것 같은 목소리로 물었다. 다른 사람의 안부를.
얘 진짜 안 괜찮은 것 같은데? 수하는 당황하고 말았다.

"나? 어, 나는 완전 멀쩡하지!"

뭔가가 와르르 무너져 내리는 소리가 들렸다. 괴물이 탁자 무더기를 들이받고선 쓰러져 있었다. 목재 상판들에 불이 옮겨붙으며 실내에 자욱하게 매연이 들어차기 시작하고 있었다. 어서 밖으로 나가야 했다. 둘은 정신을 놓아 버린 것 같은 박 사장을 양쪽에서 붙잡고 끌고 나왔다. 매캐한 연기속에서 온몸을 늘어뜨린 사람을 옮기는 게 쉽지가 않았다.

마침내 바깥으로 나오자마자, 둘은 문에 기대어 바닥에 주저앉았다. 땀이 빗물처럼 앞머리를 타고 떨어졌다. 숨이 턱에 닿은 둘은 한 마디도 입 밖으로 내지 못하고 어깨를 들썩였다. 폐가 찢어질 것 같은 통증을 억누르던 이서의 눈에 자기랑 똑같은 몰골로 늘어져 있는 수하가 들어왔다. 진흙투성이, 비에 푹 젖은 채 피와 술과 잿가루에 얼룩진 말도 안 되는 그 모습이 보이지 않는 거울을 사이에 두기라도 한 것처럼 판박이였다.

이서에겐 지독하게도 현실감이 없는 모습이었다. 어쩌면 괴물보다도 더.

자신의 옆에, 또 다른 사람이 있다는 것은.

이서는 무심결에 손을 들어 둘 사이의 공간을 향해 내뻗어 보았다. 손에 닿는 광경이 금방이라도 허물어지고 또 어디선가 전조등 빛과 클랙슨 소리가 덮쳐 올 것 같았다.

하지만 손끝에 닿은 것은 수하의 손바닥이었다. 흐느적거리며 마주 팔을 뻗은 수하가 이서의 손바닥을 철썩 마주 때렸다. 경기를 마친 선수들의 하이 파이브처럼.

"아."

이서의 입에서 의미 모를 감탄사가 새어 나왔다.

"어…… 어?"

수하도 움찔했다. 머쓱하게 거둔 손으로 자기 뒷머리를 헤집고는 얼굴을 붉혔다. 거기까지였다. 그들에게는 소란을 떨 힘조차 남아 있지 않았으니까.

이서는 가슴 속에 마구잡이로 차오르는 단어들을 다시 꾹꾹 내리눌렀다. 주고받아야 할 말들이 있었다. 나누어야 할 마음들이 있었다. 하지만 굳이 지금일 필요는 없었다. 지금은, 스스로 삼켜 소화해야 할 각자의 마음들이 먼저였다. 말하지 않아도 둘 다 알았다.

이야기는 언제든 나눌 수 있을 것이다. 우리는.

"……휴대폰이 없으면 어디로 연락해?"

이서가 물었다.

"집 전화 있어."

수하가 얼른 대답했다.

"이따가 알려 줘."

"당연하지!"

강당 안에서 다시 한번 요란한 소리가 울려 퍼졌다. 불이 크게 번지고 있는 모양이었다. 둘은 강당에서 조금 더 떨어진 곳으로 박 사장을 옮겼다. 알 수 없는 혼잣말을 중얼거리고 있는 그를 나무에 기대 앉혀 놓고, 그들은 이제 자신들의 일로 돌아가기로 했다.

가족을 구하는 일로.

"가자."

둘은 누가 먼저랄 것도 없이 몸을 일으켰다. 이서의 상처는 생각했던 것보다는 깊지 않았던 모양이었다. 피도 어느새 멎어 있었고, 통증이 있긴 했지만 마음을 굳게 먹으면 뛸 수도 있을 것 같았다. 머뭇거리는 수하 앞에서 이서가 먼저 말했다.

"갈라지자."

"……그래. 그게 빠르겠다. 누구든 찾으면 소리 지르기다."

"응."

이서는 고개를 끄덕였다. 수하가 갈림길 저편으로 사라졌다. 이서는 멀어져 가는 뒷모습을 눈으로 좇다가 다시 정면을 바라보았다. 왠지 가슴 한구석이 허전했다. 길게 이어진 외길이 이서를 기다리고 있었다. 이서는 절뚝이면서, 앞으로 나아가기 시작했다.

바람은 어느새 멎어 있었다. 하늘을 뒤덮었던 먹구름이 흩어지며 어렴풋한 달빛이 사방을 밝혔다. 무성히 자란 나뭇가지들이 서로 이리저리 얽혀, 이서의 머리 위로 고요한 그림자를 떨어뜨렸다. 이서는 그 아래를 가로지르며 다시 한번 이지의 그림책에서 본 마법의 통로를 떠올렸다. 이곳에 오면서, 차로 한 번 그런 길을 지나왔었다.

그 길의 끝에 있던 것은 저주에 걸려 몇백 년 동안 잠들어 있는 공주가 아니라 사람처럼 웃으며 사람을 잡아먹는 괴물이었다.

지금, 이 길의 끝에서 이서를 기다리고 있는 건 무엇일까.

이서는 가슴 속에 터질 듯 차오르는 감정을, 더는 막아 낼 수가 없었다. 목 끝까지 차오른 그것이 결국 입 밖으로 터져 나왔다.

"아빠!"

이서는 목이 터져라 외쳤다.

"아빠, 어디 있어! 아빠!"

눈물이 새어 나왔다. 눈앞이 뿌옇게 흐려졌다. 혼자가 되니 더 이상 허세를 부릴 수가 없었다. 이서는 거칠게 눈을 비볐다. 아빠가 보고 싶었다. 아빠가 걱정됐다. 아빠가 잘못될까 봐 무서웠다.

진짜 가족이 아니라느니, 친딸이 아니라느니, 혼자 겁먹고 물러서기도 했었지만 이서는 단 한 번도 아빠를 사랑하지 않은 적이 없었다. 이지를 사랑하지 않은 적이 없었다. 사랑받지 못하게 될까 봐 두려웠을 뿐.

지금 이곳에 있는 것은 동생을 지켜야 하는 신이서도, 자기 때문에 엄마를 잃은 신이서도, 다른 가족들의 반응이 무서워 그날의 이야기를 평생 숨기고 살겠다고 다짐한 신이서도 아니었다.

이서는 그냥 이서였다. 아픈 다리를 절뚝이며 눈물을 훔쳐 내는, 아빠가 보고 싶고 동생이 보고 싶은 그냥 이서였다.

수풀의 통로가 끝나고 익숙한 풍경이 눈앞에 펼쳐졌다. 저 앞에 관리동과 주차장이 내려다보였다. 아까는 시간에 쫓겨 샅샅이 살피지 못했지만 지금은 달랐다. 이서는 길옆의 풀숲으로 뛰어들었다.

"아빠—!"

메아리가 길게 꼬리를 끌며 이어졌다. 눈살을 찌푸리며 귀를 기울이던 이서가 마른 침을 삼켰다. 물소리가 들려왔다. 이전에는 천둥과 바람 소리에 묻혀 눈치채지 못했던 소리였다. 그러고 보니 이 수련원은 작은 계곡을 끼고 있었다.

이서의 머리 한구석에서 불이 반짝 켜졌다. 계곡은 관리동으로 가는 길옆으로 흐르고 있었다. 계곡으로 내려가는 비탈길 아래쪽은 제대로 살피지 못했었다. 아빠가 관리동으로 가는 길에 습격을 당했다면, 그쪽으로 몸을 피했을 가능성도 있었다.

이서는 바위가 층층이 쌓인 비탈길을 미끄러져 내려갔다. 길 위쪽의 조명이 계곡까지 드문드문 밝혀 주고 있어 다행이었다. 조명이 닿지 않는 곳에서는 달빛에 의존할 수밖에 없었다. 이끼 낀 바윗돌들이 무섭게 미끄러웠다. 한참을 어둠 속을 더듬어 가다가, 아차 하는 사이에 계곡에 거꾸러지고 말았다. 폭우로 불어난 물은 거세고 빨랐다. 이서는 가까스로 몸을 일으켜 물 밖으로 빠져나왔다. 물이 얼음장같이 찼다. 위아랫니가 딱딱 마주쳤다. 축 늘어져 눈앞을 가리는 머리칼을 두 손으로 걷어 내다가, 이서는 미간을 모았다.

"어……?"

뭔가가 보였다. 저 앞에, 크고 작은 바윗돌 사이에 주변과 어울리지 않는 막대 같은 것이 하나 꽂혀 있는 게 보였다. 막대 끝이 둥그렇게 고리 모양으로 휘어 있었다.

우산이다.

아빠가 들고 나간 그 우산. 이서가 챙기라고 했던 그 우산.

이서는 두 손 두 발로 기다시피 해서 그쪽으로 다가갔다. 우산 바로 옆에 뭔가가 축 늘어져 있었다. 심장이 쿵 소리를 내며 발밑으로 떨어졌다. 아빠였다. 아빠는 바닥에 엎드린 모습으로 쓰러져 있었다.

이서의 세상이 그 자리에서 박살 났다.

"아, 아빠? 아빠?"

이서는 떨리는 손으로 아빠를 흔들었다. 아빠는 이서가 흔드는 대로 흔들렸다. 힘없이 늘어지는 몸을 억지로 뒤집었다. 이서는 파리한 아빠의 얼굴을 마구 더듬다가 가슴에 귀를 갖다 댔다. 아무 소리도 들리지 않았다.

이럴 수는 없었다. 이건 정말, 이러면 안 되는 일이었다. 아빠 같은 사람은 이런 일을 당해선 안 되는 거다. 이서는 이런 결말을 보려고 그렇게 목숨을 걸었던 게 아니었다.

이서는 아빠를 와락 껴안고 울음을 터뜨렸다.

안 돼. 이러지 마. 제발 이러지 마. 이건 아니잖아. 이건 너무하잖아!

"아빠…… 일어나. 일어나! 일어나라고!"

그렇지. 이서는 다시 아빠를 바닥에 눕히고는 어설프게 심폐 소생술을 시작했다. 모아 쥔 손에 체중을 실을 때마다 눈물방울이 아빠의 가슴 위로 떨어졌다.

아무 표정 없이 풀어진 아빠의 얼굴이 너무 낯설었다. 아빠는 늘 웃고 있었으니까. 이제 그 미소를 볼 수 없다면, 이대로 아빠와는 영원히 이별이라면 이서는 절대로 자신을 용서할 수 없을 것이다.

단 하루만, 하루만 시간을 돌릴 수 있다면 얼마나 좋을까. 어제 아빠와 이지는 정신없이 가방을 싸고 있었다. 메모까지 적고 밑줄을 그어 가며 챙긴 짐이었다. 둘은 완벽하다며 자화자찬이었지만, 이서 눈에는 아니었다. 이서가 말없이 들고 온 칫솔들을 보고 아빠와 이지는 어이없게도 하루쯤은 양치 안 해도 된다며 변명을 늘어놓았었다. 이서도 웃음이 나왔었다. 하지만, 웃지 않았다.

웃었어야 했는데.

엄마. 맞지? 나 웃어도 됐지?

이서는 눈을 질끈 감고 눈물을 삼켰다. 울음을 삼키고, 마음을 삼켰다. 더 이상 그럴 수 없을 정도로 울렁이는 마음을 간절히 뭉치고 다시 뭉쳤다.

운명이 존재한다면, 마법도 존재할 것이다. 간절한 마음만이 이루어진다면, 이보다 간절한 마음은 있을 수 없었다. 이서만으로 모자란다면.

"도와줘, 엄마."

평생, 더 이상 바랄 것이 없을 소원을 한 곳에 담았다.

"제발."

이서는 아빠의 가슴 위에 모아 쥔 주먹에 이마를 갖다 대고 엎드렸다. 기도했다.

"아빠. 일어나. 우리 집에 가야지."

그 순간 어딘가에서, 무엇인가가 펑 소리를 내며 폭발했다. 이서는 깜짝 놀라 몸을 일으켰다. 강당에서 뭔가가 폭발한 것일지도 몰랐다. 사방을 두리번거려 보았지만 아무것도 보이는 게 없었다. 멍하니 있다가 아차 싶어 다시 심폐소생술을 시작하려는 순간이었다.

콜록, 아빠가 기침을 내뱉었다.

"아빠?"

이서가 후다닥 아빠 얼굴에 귀를 들이댔다. 아빠는 가는 신음을 흘리며 눈을 찡그렸다. 이서는 입을 틀어막았다. 가슴이 벅차올라 터질 것만 같았다.

"이서……니?"

"응, 아빠! 나야!"

"너무…… 춥다. 여긴…… 어디…….."

아빠는 추운 듯 팔다리를 떨면서 몸을 웅크렸다. 의식이

다시 멀어져 가고 있었다. 아빠의 호흡을 확인한 이서가 몸
을 일으켰다. 그리고 있는 힘껏 외쳤다.

"남수하!"

다시 한번.

"남수하!"

한 번 더. 계곡물 소리에 묻히지 않을 큰 목소리로 외쳐
불렀다. 얼마나 지났을까,

"어디야!"

수하의 목소리였다. 역시, 기다렸던 그대로다. 가슴이 쿵
뛰었다. 이서는 얼른 숨을 들이마셨다.

"여기야! 계곡 밑이야! 도와줘!"

이서는 먼저 아빠의 상체를 끌어당겨 안았다. 혼자서는
저 비탈길 위로 아빠를 끌고 올라갈 수 있을 것 같지 않았
다. 정말로 저 애가 함께 남아 주지 않았더라면 어떻게 되었
을까. 끔찍한 결말밖에 떠오르지 않았다. 온통 기적 같은 우
연의 연속이었다.

어쩌면, 그런 생각이 들었다. 어쩌면, 이서가 이곳으로 오
게 된 것은 미뤄 둔 벌을 받기 위해서 같은 게 아니라…….

"어때? 괜찮으셔?"

수하가 비탈길을 한달음에 미끄러져 내려왔다. 이서는

손등으로 눈가를 훔쳐 내고 수하의 얼굴을 똑바로 쳐다보았다. 정확하게 수하의 눈을 바라보면서, 말했다.

"모르겠어. 따뜻한 곳으로 옮기고 싶은데 나 혼자선 잘 안 돼."

"어디 봐."

수하는 얼굴을 굳히더니 아빠의 이곳저곳을 살폈다.

"움직여도 되는 건가?"

"아까 아빠 혼자 움직였어. 괜찮을 거야."

수하는 어깨 밑으로 조심스럽게 팔을 집어넣었다. 이서는 다리 쪽을 잡았다.

"올라가자. 천천히. 조심해."

둘은 가파른 비탈길을 되짚어 올라가기 시작했다. 어둡고, 바닥은 미끄럽고, 여기저기 튀어나온 바위 모서리는 보이지도 않았다. 한 걸음 한 걸음이 험난했다.

"아."

수하가 짧게 신음을 흘렸다.

"왜? 다쳤어?"

"아니. 그냥 긁힌 거야."

나뭇가지에 긁힌 얼굴에서 피가 흘렀지만 수하는 더는 내색하지 않았다. 다음 순간에 이서는 낙엽을 밟고 미끄러져 바윗돌에 허벅지를 찍혔다. 부상자를 옮기면서 자기 몸을 살필 여력이 없었다. 힘없이 늘어진 아빠의 몸은 생각보다 훨씬 무거웠다. 둘은 온 힘을 다해 오르막길을 기어 올라갔다. 고작 몇 미터일 뿐인데, 너무 멀었다. 이서는 저 앞의 조명을 노려보며 이를 악물었다.

이 고비가 마지막 시련처럼 느껴졌다. 가파른 돌길이 네 마음대로 될 것 같냐고, 아직 멀었다고 비웃고 있는 것만 같았다. 이서는 지고 싶지 않았다.

"거의 다 왔어!"

수하가 응원하듯 외쳤다. 이서도 고개를 끄덕이며 힘주어 한 발을 내디뎠다. 갑자기 눈앞이 확 트이며 평지가 펼쳐졌다. 드디어 꼭대기였다. 주저앉아 쉴 여유는 없었다. 아빠의 몸이 오한에 떨리고 있었다. 빨리 따뜻한 곳으로 옮겨야 했다.

"어디로 가지?"

"관리동으로 가자. 위층에 이불도 있을 테고 히터도 있어. 주차장에서도 가까우니까 사람들 오면 처치 받기도 빠를 거야."

이서는 이미 생각해 둔 바가 있었다. 수하가 고개를 끄덕였다.

"그래. 그럼 그렇게……."

왜애앵—! 사이렌 소리가 울려 퍼진 것은 바로 그때였다. 요란한 클랙슨 소리와 남아 있는 사람들을 찾는 마이크 속 목소리가 연달아 이어졌다. 주차장 입구로 구급차와 경찰차, 여러 대의 SUV가 들어서고 있었다. 그토록 기다렸던 지원이 이제야 도착하고 있었다. 이서는 그 자리에 멈춰 섰다. 그리고 멍하니 그 차들의 행렬을 바라보았다.

"여기예요! 여기!"

수하가 환호성에 가까운 소리로 사람들을 불렀다.

"눕히자. 들것도 가져오실 거야."

이서를 재촉해 환자를 조심스럽게 눕히고서, 수하는 신이 나서 어깨를 폈다.

"잘됐다. 이제 됐어! 구조대가 왔으니까 걱정……."

말을 끝맺을 수 없었다. 이서의 두 눈에서 쉼 없이 눈물이 흘러내리고 있었던 것이다.

"신이서……?"

어디가 잘못된 것일까? 미동도 없이 서서 눈물만 뚝뚝 떨어뜨리는 그 모습은 어째선지 그대로 두고 볼 수가 없었다. 머뭇거리던 수하는 조심조심 손을 뻗어 이서의 어깨를 살짝 두드렸다. 이서는 숨을 들이마시며 고개를 들어 하늘을 바라보았다. 수하의 손은 사실 거의 허공에 얹혀 있는 정도로 조심스러웠다. 그것도 나름의 위로라고. 차라리 가만히 있는 게 덜 어색할 텐데. 그 마음도 알 것만 같아서 피식, 신기하게도 웃음이 나왔다. 이서는 그제야 손등으로 눈가를 훔쳤다. 그리고 그 젖은 손을 수하의 손 위에 얹었다. 수하가 움찔하는 게 느껴졌다. 그래도 손을 빼지는 않았다.

뭔가 말하고 싶었다. 그런데 무슨 말을 하고 싶은 건지 알수가 없었다. 이서는 다시 고개를 푹 숙였다. 머리 위에서 수하의 걱정스러워하는 목소리가 들려왔다.

"저, 저기, 진짜 괜찮은 거 맞지?"

"응."

눈물이 하염없이 흘러나왔다. 냉동고에 갇히기라도 한것처럼 온몸이 추운데, 눈 어디가 잘못된 것처럼 눈물만 끝없이 솟아올랐다. 이서는 수하의 손을 꼭 움켜쥐었다. 따뜻했다. 거짓말처럼 너무나.

"응. 난…… 괜찮아."

사람들이 달려오고 있었다.

달이 높이 뜬 하늘은 맑고 밝았다. 폭풍이 지나간 고요한 숲길 위로 풀벌레 소리가 울려 퍼졌다. 긴 밤이 그렇게 끝나가고 있었다.

돌이켜 보면, 모든 것이 거짓말 같은 시간들이었다.

구급차가 이서네 가족을 먼저 싣고 급히 떠나기 직전에 전화번호를 휘갈겨 쓴 쪽지를 겨우 쥐여 준 이후로, 수하는 이서를 다시 만날 수 없었다. 수하가 경찰에게 상황 설명을 하고 뒤늦게 병원에 도착했을 때 이미 이서네 가족은 서울의 큰 병원으로 옮겨진 뒤였다.

엄마는 수하를 껴안고 한참을 오열했다. 수하는 그런 엄마를 진정시키기 위해 진땀을 뺐다. 그리고 결국 자기도 조금은 울고 말았다.

뉴스에는 불법 사육장을 탈출한 곰으로 인해 인명 피해

가 났다는 소식이 애매모호하게 얼버무려진 채 짧게 지나 갔다. 정작 그 자리에 있었던 수하는 뚝 떼 놓은 채, 어른들 은 이리저리 수군거리면서 자기들끼리 사건을 마무리하는 모양새였다. 늘 그랬던 것처럼 말이다.

집으로 돌아온 수하는 전화기를 옆에 낀 채로 몇 날 며 칠을 잠만 잤다. 이미 병원에서부터 엄마 휴대폰 번호를 알 려 줄 걸 괜히 집 전화를 알려 줬다 싶어서 몇 번 자기 머리 를 쥐어뜯은 수하였다. 혹시 전화를 놓칠까 싶어 잘 때도 전 화기 선을 끌어 가는 수하를 보며 엄마는 혀를 찼다. 며칠이 지나도, 또 며칠이 지나도 기다리던 전화는 오지 않았다. 이 주일이 지난 후에 수하는 자리를 털고 일어났다.

그리고 박차고 나왔던 문을 다시 두드렸다.

"어어? 남수하?"

감독이 귀신 보는 것 같은 눈으로 수하를 쳐다봤다. 수하 는 멋쩍게 웃고는 납작 엎드렸다. 감독은 당장 그 등덜미를 붙잡고 일으켜서는 축구부실 안으로 수하를 밀어 넣었다.

어렵게 꺼낸 시력 교정 수술 이야기에, 엄마는 웃었다. 이 미 언젠가 필요할 것 같아서 미리 다 준비해 뒀다며 통장을 보여 주는 엄마 앞에서 수하는 프로 선수가 되어서 백배로 갚아 주겠다고 장담했다. 엄마는 믿지 않았다. 아무래도 자기는 신이서만큼은 할 수가 없구나, 깨닫게 되었다. 그 녀석의 허세는 프로의 경지에 이르러 있었는데.

또 얼마간의 시간이 지났다. 오랜만에 다시 시작한 훈련은 쉽지가 않았다. 매일 녹초가 되도록 뛰는데도 실력은 좀처럼 느는 기미가 없었다. 그래도 수하는 마음이 편했다. 감독이 섭외한 연습 시합에서 상대편에게 더없이 처참하게 진 날, 수하는 축구공을 두 손으로 들고 해가 떨어지는 경기장에 우두커니 서서 생각했다. 나는 이겼다고. 누구도 두렵지 않았고 누구도 증오스럽지 않았던 경기였다. 그 사람의 그림자는 이제 어디에도 남아 있지 않았다.

평화로운 날들이 흘러갔다. 평생 이런 날들만 계속되면 좋겠다 싶은 하루들이었다.

첫눈이 내렸다. 폭설이었다. 쌓인 눈이 얼어붙어 빙판이 되기 전에 수하는 원룸 계단 앞의 눈을 쓸어 냈다. 싹싹 비질하는 소리에 섞여 전화벨 소리가 들렸다. 어차피 집 전화는 엄마밖에 걸 사람이 없었다. 눈 때문에 엄마가 탄 마을버스가 못 올라온다는 이야기일까? 수하는 근심스러워하며 수화기를 들었다.

"여보세요."

"안녕."

수화기를 쥔 손에 힘이 꽉 들어갔다. 수하는 그만 가슴이 쿵 내려앉은 것 같았다.

"아, 안녕."

높낮이가 없이 일정한 그 목소리는 변함이 없었다. 이서는 언제 시간이 되느냐고 물었다. 용건만 간단히, 그런 사무적인 태도는 차갑기까지 했다. 수하는 뭔가를 되물을 정신도 없이 날짜를 불렀고 약속이 정해졌다.

"그때 봐."

이서가 먼저 전화를 끊었다. 수하는 멍하니 수화기를 내려놓고 얼굴을 쓸었다. 무슨 일이 일어난 것인지 이해가 가질 않았다. 그래도, 기다려 왔던 전화가 분명했다. 수하는 후다닥 책상으로 달려가 달력에 새빨간 동그라미를 그렸다.

그날 밤 수하는 악몽을 꿨다. 수하는 다시 그 수련원 한가운데 던져져 있었다. 아직도 또렷하게 기억나는 그 괴물이 수하의 뒤를 죽어라고 쫓아왔다. 수하는 비명을 지르며 중간에 깨어났다. 온몸이 식은땀에 젖어 있었다. 마지막에 그놈이 커다란 아가리를 벌리고 엎드렸다. 이서는 자꾸만 그쪽으로 걸어가려 했다. 수하는 이서를 붙잡고 붙잡고 또 붙잡았다.

─참견 좀 그만해. 네가 뭔데!

그 말끝에서는 불에 덴 듯 손을 거둘 수밖에 없었다. 이서의 얼굴은 흐릿하게 뭉그러져 보였다. 아무리 떠올려 보려해도, 그 아이가 어떤 얼굴이었는지 기억나지 않았다. 무섭게 표정 없었던 얼굴이었다는 것……, 그리고 마지막에는 많이 울었다는 것. 그것밖에 기억에 없었다.

넌 어떻게 지내?

전화에선 못 물어본 한 마디를 뒤늦게 중얼거려 보는 수하였다.

드디어 그날이 왔다.

지하철을 타고 한 시간 이십 분이 걸리는 길이었다. 수하는 한 번도 가 본 적이 없는 동네였다. 이서가 마중을 나오기로 했다. 좌우로 흔들리는 지하철 안에 멍하니 앉아, 수하는 첫인사를 고민했다.

안녕? 잘 지냈어? 오랜만이네?

그다음엔 무슨 이야기를 나눠야 할까. 그날 똑같은 자리에서 똑같은 마음으로 무서워했던 우리는, 지금 다시 같은 마음으로 말을 이어 갈 수 있을까?

병실에 갇힌 며칠 동안 수하는 생각해 봤었다. 신이서라는 아이에 대해서. 그 애의 말 속에 조금씩 담겨 있었던 그 애의 삶에 대해 오랫동안 생각했다. 정확히는 몰라도, 대강 어떤 사연인지 짐작만은 가능했다.

　—우리, 마주 앉아서 이야기를 할 거야. 나 다 말할 거야. 이제는 무섭지 않아.

　그 가족은 '이야기'를 잘 나눌 수 있었을까?

　한 시간 이십 분이 십 분처럼 흘러갔다. 수하는 무거운 엉덩이를 떼고 자리에서 일어났다. 지상에 설치된 역 안에는 바람이 거셌다. 수하는 몸을 부르르 떨고 패딩 점퍼의 지퍼를 목 끝까지 올렸다.

　3번 출구라고 했었지.

　번화가라 역사 안은 사람으로 가득 차 있었다. 이런 인파는 오랜만이었다. 수하는 조금 움츠러든 채로 3번 출구를 찾았다. 약속 장소로 많이들 정하는 곳인 모양이었다. 출구 바깥에도 기다리는 사람들이 많았다. 서두르다가 약속 시간보다 이십 분이나 일찍 도착했으니 아직 이서는 오기 전일 것이다. 역사 안의 벤치에 조금 앉아 있다 가도 괜찮을 것 같았다. 수하 자신부터가, 마음의 준비가 부족한 느낌이었다. 더 멋진 첫인사가 있을 것이다. 더 자연스럽게 말을 걸어…….

　"어? 어! 오빠다!"

　쨍하게 울리는 목소리.

수하가 아는 목소리다. 수하의 눈이 허둥지둥 출입구 앞에 몰려선 사람들을 훑었다. 엉거주춤하게 멈춰 선 수하를 향해, 연분홍색 패딩을 입은 작은 아이가 손을 번쩍 들어 올렸다.

"오빠! 여기야!"

입을 반달 모양으로 벌리고 함박웃음을 짓고 있는 아이. 그래. 이지라고 했었지. 마지막에 봤을 때는 겁먹은 채 울고 있었는데, 환하게 웃는 얼굴을 보니 마음이 스르르 풀렸다.

아이는 반대쪽 손으로 옆에 선 사람의 손을 꼭 잡고 있었다. 수하는 머뭇거리며 그쪽으로 시선을 옮겼다. 털장갑을 낀 손, 소매가 넓은 감색 코트 위로는 붉은 목도리가 두툼하게 둘러져 있었다. 긴 머리는 처음 본 그때처럼 높게 묶어 올렸다.

신이서.

이서가 입을 가린 목도리를 반쯤 끌어내렸다.

── 다시 행복해지려고 노력할 거야.

밤새 뒤척이게 만들었던 의문이 목 끝에 걸렸다. 절대로 이것부터 물어선 안 돼. 첫인사로 빵점이야. 아니, 이건 그냥 시비 거는 거라고.

그래도 그게 가장 궁금했다. 궁금하고 걱정되어서 전화

통 옆에서 떨어질 수가 없었다.

신이서.

너, 이제 웃을 수 있어?

바보 같은 소리는 입 밖으로 내면 안 된다. 수하는 자기 입을 콱 틀어막았다.

그때 이서의 한쪽 입꼬리가 슥 올라갔다. 반대쪽 입꼬리도 따라서. 하얀 치아가 입술 사이로 환하게 드러나다가, 고개를 숙이며 다시 목도리 사이로 파묻혔다. 수하는 자기 심장 소리에 덜컥 놀라고 말았다. 이서가 어깨를 가늘게 떨며 웃다가 동생의 귓가에 뭔가를 속삭였다. 작은 아이가 까르르 웃음을 터뜨렸다.

수하는 홀린 듯 터덜터덜 그 앞으로 걸어가서 둘 앞에 마주 섰다. 두 손은 방어적으로 주머니에 꾹 찌른 채였지만, 이미 수하는 항복이었다.

"안녕? 잘 지냈어?"

툭 내뱉어 버린 첫인사. 한 시간 이십 분의 고민이 아무 의미 없어졌다. 이서가 고개를 비스듬히 기울였다. 부드럽게 휘어진 눈초리로, 반짝이는 눈빛이 수하를 훑었다.

"일찍 왔네?"

여전히 고저가 없는 목소리인데, 전혀 다른 느낌이었다.

"너야말로."

수하는 반사적으로 대답했다. 어색한 침묵이 이어졌다. 서로의 무사를 확인했으니 이제 그만 헤어지자고 말하려나? 수하가 어쩔 줄 몰라 하고 있을 때였다.

이서가 머뭇거리더니 한 손의 장갑을 벗었다. 한 손을 조용히 들어 올렸다. 천천히 떠오른 손이 수하의 가슴께에서 멈췄다. 수하가 익히 잘 아는 자세였다. 당혹감에 들썩이던 가슴이 거짓말처럼 제 속도를 찾았다.

고개를 갸웃하던 수하가 이윽고 피식 웃었다. 수하도 번쩍 손을 들어 올렸다. 두 손바닥이 청명한 소리를 내며 마주쳤다.

긴 이야기가 이제 시작되려 하고 있었다.

오늘 날씨는 맑았다. 구름 한 점 없이.

공포 영화를 좋아합니다. 좋아하는데 겁이 많아 잘 보지
는 못하는, 그런 사람입니다. 어린 시절에는 한여름이 되면
TV에서 주말 깊은 밤에 전 세계의 공포 영화들을 모아 틀
어 주곤 했었습니다. 다른 가족들은 공포물이라면 질색을
했어요. 저는 혼자 이불을 뒤집어쓴 채 손가락으로 눈을 반
쯤 가리고서 영화를 보다 말다 하다 어느 순간 쓰러져 잠들
곤 하는 어린이였습니다. 내용은 다 기억 못 하지만 존 카펜
터 감독의 「안개」 속 몇몇 장면들은 아직도 기억에 남아 있
습니다. 아이가 집에 혼자 있으니 도와달라는 방송을 듣고
그 집으로 달려간 주인공이 안개에 덮쳐지기 직전인 아이

를 아슬아슬하게 구해 내는 장면이 얼마나 대단했던지요.

저는 또 모험 소설을 좋아합니다. 어린 시절에는 『톰 소여의 모험』을 좋아했고, 『몽테크리스토 백작』을 좋아했습니다. 좀 더 나이 들어서는 『반지의 제왕』에 빠져 살았죠. 주인공들은 언제까지나 계속될 것만 같은 일상에서 자의로든 타의로든 튕겨져 나옵니다. 그들이 긴 여정을 마치고 빛나는 무엇인가를 손에 들거나 마음에 품고, 조금도 변하지 않은 내 집 문을 여는 순간을, "다녀왔어."라고 말하는 순간을 사랑했습니다.

저는 그렇게 이겨 내고 견뎌 내는 주인공들의 등 뒤에서 그들의 용기를 나눠 받으며 살아온 느낌입니다. 선택의 순간마다 도망치지 않을 수 있었던 건 제 안에 쌓아 온 이야기들 덕분이었을지도 모르죠. 언젠간 나도 그런 이야기를 만들 수 있으면 좋겠다고 오래도록 생각만 하고 있었는데, 결국 이렇게 책 한 권을 써내고 말았습니다. 독자님들께서는 이 이야기를 어떻게 읽어 주실까요? 이제 다시 용기가 필요한 때가 왔네요. 지금은 그저 마음을 가라앉히고 기다리며, 이 두려운 모험 끝에서 저 또한 그 '빛나는 무엇인가'를 얻게 될 것이라고 믿어 보려 합니다.

저만 좋아할 이야기를 다른 분들도 좋아하실 수 있을 이야기로 다듬는 데 많은 분들께서 애써 주셨습니다. 외로운 집필 과정 중에 매번 응원해 주시고 아낌없는 조언 남겨 주신 동료 작가님들, 거칠었던 이야기를 더 자연스럽고 매력적이게 보이도록 한 자 한 자 함께 고민해 주신 김도연 편집자님과 정소영 부장님, 그리고 늘 곁에서 힘이 되어 주는 사랑하는 나의 가족들에게 이 자리를 빌려 감사를 전합니다.

그리고 무엇보다도 이 이야기를 끝까지 함께해 주신 독자님들께도 감사드립니다.

언젠가 더 좋은 이야기로 다시 뵐 수 있는 날이 또 왔으면 좋겠습니다.

가을이 깊어 가는 어느 날에
최정원